사랑해선 안 될

사랑해선 안 될

1판 1쇄 발행 2019년 10월 28일
1판 1쇄 발행 2019년 11월 05일

지은이 최성연

발행처 문학의숲
발행인 이은주

신고번호 제2005-000308호
신고일자 2005년 10월 14일

주소 (04029) 서울특별시 마포구 양화로7길 84 영화빌딩 4층
전화 02-325-5676
팩스 02-333-5980

값은 표지에 있습니다.
ISBN 979-11-87904-21-2 04810
ISBN 979-11-87904-19-9 (세트)

사랑해선 안 될

최성연

문학의숲

부족한 글을 떠나보내며

2009년 평민사에서 출간된 첫 희곡집 〈그리고 또 하루〉에 수록되었던 작품을 다시금 정성 들여 다듬고 손질하여 새로운 표지로 세상에 내놓는다. 나의 대표작이 무엇일까 선정함에 있어서 약간의 고민이 있었다. 몇몇 작품에 저마다 대표작이 될 만한 이유와 사연이 있었다.

〈사랑해선 안 될〉을 고르고 나니 어렵사리 길러온 딸을 결혼시켜 내보내는 엄마의 심정이 된다. 처음에 초고를 쓸 때는 시작부터 결말까지 비교적 수월하게 완성할 수 있었다. 오랫동안 사유하며 마음에 두었던 주제였기에 막힘이 없었다. 그러나 너무 분명한 주제와 의도를 가져서인지, 스스로 느끼기에도 표어적이고 교훈적인 냄새가 강했다. 평소 시적이고 은유적인 작품을 지향하는 작가로서 그러한 결과는 당혹스러웠다.

활자화되어 책으로 엮인 후에도 그 도덕적인 냄새를 지우고자 고민을 거듭하며 여러 번의 수정을 거쳤다. 많은 부분이 달라지긴 했으나 아직도 남아있다. 합리화를 해보자면, 이것이 이 작품의 숙명인지도 모르겠다. 꼭 하고 싶은 얘기를 붙들기 위해선 다른 욕심을 포기해야 했던 것 같다.

어떤 글도 발표하고 나면 그다음부터는 '내 것'이 아니다. 내가 낳고 기른 자식이라도 내 것이 아니듯 내가 쓰고 다듬은 글도 한번 내보내면 내 것이 아니다. 스스로의 운명을 따라갈 뿐이다. 이제 내 품을 떠나는 이 작품이 세상에서 너무 외롭지 않기를.

작가 최성연

사랑해선 안 될

선희가 혼자 지내는 작은 아파트의 실내를 상상해보기 바란다.

좋다고 할 순 없지만 허름하지도 않다.

한 가지 눈에 띄는 특징은 무척 깔끔하다는 것이다.

선희가 어떤 여자인지는 차차 알 수 있으리라.

잠시 후에 선희에게 손님이 찾아올 것이고 선희와 그 손님은 긴 대화를 나누게 될 텐데, 그들의 대화는 선희를 파악하는 데 많은 도움을 줄 것이다.

그런데 누구나 그렇듯이, 대화를 하다 보면 온전히 상대방에게만 집중하기는 힘들다.

상대방의 말을 듣는 동시에 자기만의 기억에 잠기기도 하고, 연상의 가지가 엉뚱한 방향으로 뻗어 나가기도 한다.

선희와 그 손님도 그럴 것이다.

그러니 두 사람의 기억과 생각, 그리고 각각 그들이 겪은 과거의 일들은 그들이 나누는 대화와 더불어, 함께 무대 위에서 진행될 것이다.

간혹 너무 긴 혼자만의 생각이나 추억이 삽입되어 이상하게 여겨질 수도 있겠으나
원래 사람의 머릿속은 신묘한 것이라. 실제로는 긴 시간과 여러 날이 걸렸던 과거의 일도 단 몇 초 만에 떠올릴 수 있고, 반대로 한순간의 일인데도 몇 시간째 붙들고 있을 수가 있는 법이다.

지금 선희는 잠들어 있다.
읽다 말고 엎어져 있는 성경책과 그 위에 힘없이 겹쳐진 두 손이 가만히 오르내리는 아랫배를 따라 숨 쉬고 있다.
조용하고 평화로운 오후지만 잠들어 있는 선희의 미간은 미세하게 긴장되어 있다.
그녀의 꿈속에서, 방문이 벌컥 열리고 웨딩드레스를 곱게 차려입은 은효가 뛰쳐나온다.
무엇을 찾는지 여기저기를 뒤지고 다닌다.

은효   엄마, 엄마! 그거 못 봤어? 이상하네? 어딜 갔지?

선희는 여전히 잠든 채로 얼굴을 더 찡그린다.

은효   없어졌어. 분명히 있었는데……. 정말 이상하네?

현관 쪽으로 가서 뒤지다가 끝내 못 찾았는지 다시 돌아와선 울상이
된다.

은효   지금 결혼식이 문제야? 그게 없으면 나갈 수가
없잖아. 도대체 그게 어디 갔을까? 없어질 리가
없는데…….

잠든 선희의 얼굴이 안타까움으로 움찔거린다.

은효   안 돼! 꼭 있어야 돼. 꼭 찾아야 된다고! 어떡하
지? 응? 엄마, 어떡하지? 나 그거 없으면 안 되는
데. 어떡하지?

선희의 손이 발작적으로 튀어 오르면서 성경책이 툭 떨어진다.

선희   머, 머! 뭔데!

눈을 뜬 선희. 자기가 지른 소리에 자기가 놀랐다.

꿈이었다.

아무도 없는 집 안. 허탈하다.

하릴없이 주위를 둘러본다. 은효가 무얼 찾았는지 알아내려는 듯.

내뱉는 한숨에 고통이 서려 있다.

선희   뭘 찾은 거지?

물이라도 마셔야 할 것 같아서 주섬주섬 부엌 쪽으로 가는데……

초인종이 울린다.

선희   누구세요?

예고했듯이, 손님이 온 것이다.

문을 열고 인사를 나누고 신발을 벗고 들어오는 장면은 생략하자.

잠시 후, 예의 바른 자세로 식탁에 앉아있는 사람이 방금 전 초인종

을 누른 손님이라는 건 누가 봐도 알 수 있을 것이다.

그의 이름은 기석이다.

가스레인지 위 물 주전자가 하얀 수증기를 뿜는다.

선희는 식탁 위에 하얀 찻잔을 놓는다.

선희   커피 밖에 없는데, 괜찮아?

기석　　　커피 좋아요. 어머님.

선희는 인스턴트커피를 찻잔에 한 스푼 씩 넣은 다음 끓는 물을 붓고 크림과 설탕 통을 기석 쪽으로 밀어준다.

기석　　　전 그냥 마실래요. 어머닌 설탕 크림 다 넣으시 죠?
선희　　　어. 그래.

기석은 설탕과 크림을 선희의 커피에 넣어 저어준다.

선희　　　커피도 오랜만에 마셔보네.
기석　　　왜요? 어머니 커피 좋아하시잖아요?

선희의 얼굴에 씁쓸한 웃음이 스친다.

기석　　　건강은 괜찮으세요? 살이 좀 빠지신 것 같네요.
선희　　　그래? 일해서 그런가?
기석　　　일이요? 어머님 요즘 일하세요?
선희　　　호스피스 하고 있어.
기석　　　호스피스요? 아……, 그 암 환자들 돌보는……
선희　　　주로 암 환자지만 다 그렇진 않지. 호스피스는

죽음을 앞둔 분들이 편안한 임종을 맞도록 위로
하고 돕는 일이니까.

기석   네에.

선희   자네는 어때? 자네야말로 힘들지 않아?

기석   늘 그렇죠, 뭐.

선희   부모님은 안녕하시지?

기석   네.

둘은 똑같이 커피를 한 모금 마신다.

선희   근데 어쩐 일이야? 바쁠 텐데…….

기석   그동안 너무 못 찾아뵀었죠, 제가.

선희   자네가 왜?

기석   제가……, 와야죠.

선희   부담 갖지 마. 십여 년을 살다가도 헤어지면 남남
이 되는 게 요즘 세상인데, 결혼도 아니고 약혼
한 번 했었다고, 누가 뭐라고 하겠어?

기석   그런 게 중요한 건 아니죠. 전 어머님이 절 친아
들처럼 대해주셨다고 생각합니다.

선희   그랬지.

기석   저 역시 어머님을 친 어머니처럼 생각했어요.

선희   그랬어?

기석　　　그럼요.

선희　　　고맙네.

기석　　　정말입니다.

선희는 웃어준다. 고맙지만 그게 이제와선 다 무슨 소용일까 하는 심정으로.

기석　　　그래서 어머님께 말씀드리려고 왔습니다.

선희는 기석을 쳐다본다.

기석　　　사실 조금 망설였지만 어머님을 친어머니처럼 생각했기 때문에 말씀드리지 않는 건 도리가 아니라고 생각했습니다. 제 마음도 편치 않고요.

선희　　　무슨 얘긴데?

기석　　　저, 결혼합니다.

잠시 정적.

선희　　　결혼?

기석　　　네.

선희　　　누구하고?

기석   일하다가 알게 되었습니다.

선희는 눈을 내리깔고 커피를 마신다.
열쇠로 현관문 여는 소리가 나더니 은효가 들어선다. 물론 이것은 선희의 회상이다.

은효   다녀왔습니다.
선희   어머? 빨리 왔네?

은효는 선희가 마시던 커피를 봤다.

은효   엄만……. 잘 밤에 웬 커피?
선희   너 늦을 거 같아서 안자고 기다리려고 그랬지.
은효   내가 왜 늦어?
선희   아니, 뭐……, 서로 얘기하고 그러다 보면 늦겠구나 싶었지. 왜 이렇게 빨리 왔어? 그 남자 별로였니?
은효   아니.
선희   그럼?
은효   그럼 뭐?
선희   어땠냐구? 아이, 말 좀 해봐. 사람 괜찮았어?
은효   응.

선희   어머? 애가 대답이 왜 이래?

은효   나 피곤해. 들어가 잘래.

선희는 은효를 붙든다.

선희   엄마 궁금하게 너 정말 이럴 거야? 어땠는지 말
          좀 해보라니까? 맘에 들었어? 잘 해주든? 변호
          사라고 뻐기진 않아?

은효   그런 거 없었어.

자기도 모르게 은효는 웃음이 나와 버린다.

선희   애가, 애가! 너 좋았구나? 응? 그 사람 좋았구나?

대답을 못 하는 은효, 점점 더 웃음만 나온다.

선희   어머, 은효야! 너 그 사람 맘에 들었어! 맘에 들
          은 거야. 그렇지? 그랬구나! 사람 참 반듯하고 좋
          다고, 너랑 잘 어울릴 거라고 입에 침이 마르도
          록 칭찬을 해대더니, 진짜였네, 진짜였어. 아유,
          고마워라. 아이구, 하나님 아버지 고맙습니다. 우
          리 은효가 드디어 좋은 사람 만났어. 그치? 아

유, 너무 좋다, 너무 좋아!

은효는 얼굴이 빨개져서도 웃음을 그치지 못한다.
선희는 아기한테 하듯 은효의 엉덩이를 툭툭 친다.

선희　　어이구, 우리 은효, 피곤하긴 하겠네. 얼른 자라,
　　　　응? 얼른 씻고 푹 자.

은효는 쑥스러워 얼른 방으로 들어간다.
선희는 혼자 좋아하다가 커피를 한 모금씩 음미한다.
그날 밤은 유난히 커피가 맛있었다.
딸 은효가 기석을 처음 만나고 왔던 날. 선희 자신이 소녀가 된 듯
괜히 설레던 날이었다.
지금은……. 커피가 별로 당기지 않아 다 식어간다.

기석　　(조심스레) 어머님, 왜 아무 말씀도 없으세요?
선희　　글쎄, 무슨 말을 해야 할까?
기석　　언짢으시죠?
선희　　…….
기석　　염치없지만 전 어머님이 기쁜 마음으로 제 결혼
　　　　허락해 주셨으면 합니다.
선희　　허락? 내가 허락하고 말고 할 게 뭐가 있어? 이

제 남남인데.

기석　　　그렇게 말씀하지 마시고요.

선희　　　사실인데 뭐.

기석　　　그러면 제가 왜 어머님을 찾아왔겠어요?

선희　　　그러게……. 이럴 필요까진 없는데…….

기석　　　어머님, 저 다른 사람도 아니고 꼭 어머님께 이
　　　　　　결혼을 인정받고 싶어서 왔습니다.

선희는 기석을 물끄러미 본다.

선희　　　그래. 해.

기석　　　단순히 그런 게 아니라…….

선희　　　결혼해. 허락할게.

솔직히 선희의 눈엔 기석이 별로 어여삐 보이지 않는다.
선희의 사촌 동생. 그러니까 은효의 이모뻘 되는 경희가 기석을 두
고 했던 얘기가 생각난다.

경희　　　언니, 이건 누가 봐도 기석이 그놈아의 책임이다.
　　　　　　언니가 교회 권사고 믿음 좋은 건 내 아는데, 그
　　　　　　렇다고 무조건 덮으려고만 하는 거는 아이지 아
　　　　　　닌 말로 우리가 뭐 기석이 그놈아한테 은효를 다

시 살려내라 할끼가 아니믄 목숨 값을 내노라 할 끼가? 그른 거는 아이지마는 잘잘못은 누가 봐도 분명하다 이말이재. 길을 막고 물어봐라. 세상 어떤 신랑이 약혼녀를 혼자 여행 보내겠나? 기석이 말로는 머 은효가 굳이 혼자 가겠다고 해서 허락했다카지마는 진짜로 그랬을까 싶고, 머 그게 진짜라캐도 어뜨케 즈그 약혼녀가 혼자 운전을 해갖고 그 먼 데를 간다카는데 순순히 그래 갔다온나 할 수가 있냐 말이다. 이치가 안 그렇나? 결혼식을 바로 코앞에 두고 어뜨케 그럴 수가 있어? 내가 신랑이라면 절대 안 보낸다. 절대 못 보내. 만일에 기석이가, 안된다 니혼자는 절대 못 보낸다 내랑 같이 가자캤으면 은효는 안 죽었지, 안 그렇나? 같이 갔거나 안 보냈으면 우리 은효 안 죽었지. 안 그래? 그른데 어뜨케 책임이 없어? 아이고, 억장이 무너진다. 억장이 무너져. 천사 같이 이뻤던 우리 은효만 생각하믄…… 그 아까븐 거…….

그때 경희는 눈물바람을 해서 선희까지 또 울게 만들고서야 전화를 끊었었다.

기석	어머님.
선희	…….
기석	저 원망하시죠?
선희	지난 얘긴 하고 싶지 않아.
기석	은효가 죽었을 당시에…….
선희	(말을 자르며) 글쎄 그런 얘기하고 싶지 않다니까. 나 자네 결혼에 아무 상관 안 할 테니까 걱정하지 마.
기석	걱정돼서 하는 얘기 아닙니다, 어머님께 꼭 드릴 말씀이 있어요.
선희	무슨 말인지는 모르지만 난 별로 듣고 싶지가 않아. 방금 나 호스피스 한다는 얘기 들었지? 그게 요즘 나를 지탱해주는 유일한 버팀목이야. 딸자식 먼저 앞세우고 사는 거 쉬울 거 같아? 나 뒤흔들지 말아줘. 겁나.

기석은 이렇게도 저렇게도 할 수 없는 난처함에 싸인다.

기석	꼭 말씀을 드려야겠다고 결심하고 왔는데 그렇게까지 얘길 하시니……, 어떻게 해야 좋을지 모르겠네요. 지금 말씀드리지 않으면 이제 더 기회가 없을 거 같은데…….

선희   왜? 이젠 안 보려고? 하긴, 이젠 더 만날 일 없겠
         지.
기석   그런 뜻은 아니고. 꼭 지금 말씀을 드리고 싶다
         는 겁니다.

둘은 잠시 말이 없다.

선희   뭔데 그래?
기석   …….
선희   안 좋은 얘기야?

딱 잘라 대답할 수가 없어 기석은 망설인다.

기석   어머님이 미처 모르셨던 얘기지만 꼭 안 좋은 얘
         기는 아닙니다.
선희   내가 몰랐던 얘기? 그게 뭔데?

선희는 반쯤은 들을 준비가 된 것 같다.
이제 기석은 은효가 했던 말, 은효의 고민과 생각들을 잘 정리해서
전달해야 한다.
어떤 얘기부터 해야 좋을까?
도심 속 어느 빌딩 앞에 은효가 서 있다.

그녀 앞을 지나치는 사람들을 간간이 눈으로 좇는다.

생각의 끈을 길게 늘이다가 놓치고 또 다시 잇고……. 그런 일을 반복하고 있다.

잠시 후 기석이 환하게 웃으며 다가온다.

기석   많이 기다렸지? 미안해. 회의 한번 시작했다 하면 이렇다니까. 어디 카페에라도 들어가 있지 그랬어?

은효   바람이 좋아서. 좀 걸을래?

기석   그러자.

두 사람은 걷기 시작한다.

기석은 피곤한 기색이 역력하다.

은효   힘들지?

기석   흐흐, 그렇지, 뭐…….

은효   기사 봤어. 에이엘 항공 인수합병, 기석 씨네 로펌이 맡기로 한 거.

기석   어, 봤구나. (한숨) 맞아. 그것 때문에 정신없는 거야. 글로벌 사모펀드를 두 개나 대리하게 됐어. 회사로서는 경사 난 건데…….

은효   회사 내에서 경쟁하는 거 아냐?

기석   당연하지. 이번에 새로 오신 팀장님 두 분이 다
　　　　미국에서 M&A 경력만 10년 이상씩이야. 엄청난
　　　　분들이라 어느 쪽도 질 사람이 아니거든.

은효   그래도 누군가는 져야 되잖아.

기석   우리가 이겨야지.

은효   (어딘지 쓸쓸하게) 그렇구나…….

기석   일 얘긴 그만하자. 배고프지?

은효   아직. 기석 씨는?

기석   커피를 하도 마셨더니 나도 지금은 별로.

은효   그럼 우리 여기 좀 앉자.

둘은 공원 벤치에 나란히 앉는다.

은효   난 기석 씨가 너무 애쓰지 않았으면 좋겠어.

기석   무슨 말이야?

은효   로펌 일……. 너무 힘들어 보여.

기석   힘든 건 당연한 거고, 그러면서 성장하는 거지, 뭐.

은효   성장?

기석   나도 100조 원 자금 정도는 주무를 수 있는 최
　　　　고 전문가는 한번 돼봐야지! 하하…….

은효   (역시 왠지 쓸쓸하게) 그렇구나…….

기석   왜 그래? 기운이 좀 없네?

은효   그냥……. 생각이 좀……. 버거워서.

기석   무슨 생각이 그렇게 버거운데?

은효는 팔을 뻗어 기석의 손을 꼬옥 잡는다.

그러고도 차마 말을 꺼내지 못한다.

기석   뭔데? 말해봐.

은효는 기석의 손을 제자리에 놓아주고는 결심하듯 큰 숨을 쉰다.

은효   그래……. 말해야겠지. 이젠 정말 말해야 돼.

기석   (은효를 다정하게 감싸 안으며) 다 말해. 괜찮아.

기석의 태도에 은효는 다시 마음이 약해진다.

그러나 그녀는 이내 기석의 품에서 빠져나와 상체를 곧게 세운다.

은효   나……. 기석 씨한테 정말 몹쓸 짓을 했어. 정말
            해선 안 되는 짓을 해버렸어.

기석   그게 무슨 말이야?

은효   두려움 때문에 그랬어. 두려움 때문에……. 나 자
            신을 속여 왔고 너무 오랫동안 나 자신을 속이다
            보니 기석 씨마저 속이게 되었어. 하지만 더 이상

은 못해. 나…….

은효는 기석을 향해 눈을 크게 뜬다.

은효   결혼 못해. 이 결혼 취소할래.

한동안 두 사람은 말없이 서로를 응시한다.

은효   미안해. 어떤 말로도 변명이 안 된다는 거 알
           아……, 미안해.

기석   (겨우) 결혼을……, 못하겠다는 이유가……, 뭐
           야?

은효는 긴 얘기를 시작하려는 듯 기석을 향해 눈을 맞춘다.
그런 은효의 눈을 바라볼 때 기석은 바닥을 알 수 없는 물속으로 빠
져드는 것처럼 막막했다.
은효의 이야기를 들으면서도 계속 막막하기만 했다.
여기까지 들은 선희는 잠자코 듣고만 있을 수가 없다.

선희   뭐? 결혼을 못 하겠다고 했다고? 우리 은효가?

기석   네.

선희는 도저히 믿기지 않지만 어디 한 번 들어나 보자는 심정으로 다시 묻는다.

선희 그래, 왜 못하겠다고 하던가?

기석 그 이유를 말하기 전에, 은효는 자기한 테 결혼이란 정말 오랫동안 간절하게 원했던 꿈이라고 얘기했어요. 좋은 남편을 만나 행복한 가정을 이루고 어머님께 효도하는 거, 그게 은효가 꿈꿔왔던 삶이었다고요.

은효 그렇게만 되면 더 바랄 게 없을 거 같았어. 그래서 기석 씨를 만나 좋은 사람인 걸 알게 되고 우리 두 사람 서로 사랑을 확신하게 되었을 때 정말 행복했어. 모든 게 완벽했어. 기석 씨가 우리 엄마한테 아들처럼 잘하는 거, 엄마가 기석 씨를 예뻐하고 마음에 들어 하는 거, 모든게 다. 그런데 약혼을 하고 결혼이라는 꿈이 구체적인 현실이 되어가면서 뭔가 내 속에 이상한 게 생겨났어. 이상한 마음, 이상한 생각……. 갑자기 왜 그렇게 되었는지 모르겠어. 누구한테 무슨 얘기를 들은 것도 아니고 무슨 책을 읽은 것도 아닌데……. 마치 무슨 바이러스에 감염된 거 같이……, 아니, 어쩌면 아주 오래전에 침투한 균이 잠복해 있다가 활동하게 되었는지도 모르지. 이유 없이 자꾸만 걸음을 멈추고 싶은 거야. 길을 잘못 들어섰다는 생각이 나를 괴롭혔어. 출발점으로 다시 되돌아가야 한다는 마음이 강해질수록, 그런 마음이 너무도 위험하게 느껴졌어. 무서웠어. 그러니까 알게 되더라. 왜 그동안 그런 생각을 해본 적이 없는지. 무서우니까 있는 힘껏 꾹 눌렀던 거였어. 무서우니까 생각조차 못 한 거야. 하지만 누른다고 없어지는 게 아니었던 거지. 오히려 걷잡을 수 없이 자라나 있었어. 나는 나 자신에게 물어봤어. 그렇다면 이제껏 꿈꿔왔던 행복한 결혼과 가정은 거짓이었니? 아니, 그것도 내가 바랐던 거지. 하지만 왜 그걸 원했냐면, 내가 진짜로 원하는 걸 피하고 싶어서 원했던 거야. 내가 진짜로 원하는 건 무섭고 두려운 것이니까.

선희는 기석이 전해주는 이런 얘기가 정말 은효 입에서 나왔다는 걸 상상하기 어렵다.
그래서 그녀는 거짓의 실마리를 찾아내고 싶은 심정으로 다시 묻는다.

선희	그래서, 진짜로 원하는 게 뭐라고 하던가?
기석	한 마디로 말씀드리기는 힘듭니다. 그래서 제가 아는 모든 얘기를 어머님께 해드리려는 겁니다.
선희	모든 얘기? 결국은 우리 은효가 결혼하기 싫어서 도망치다 사고를 당했다는 걸 뒷받침하는 얘기들인가?
기석	그런 거 아닙니다.
선희	그런 게 아니면? 지금 자네 얘기는 은효가 결혼하기 싫어했다는 거 아냐.
기석	사실입니다.
선희	그러니까! 자네 주장은 우리 은효가 결혼을 피하려고 혼자 여행을 갔다 죽었으니 거기에 대한 자네 책임은 전혀 없고, 그러니 자네가 이제 우리 은효가 죽은 지 겨우 일 년밖에 안 지나서 다른 여자를 만나 결혼한다고 해도 결코 은효한테 미안할 것도 없고 죄 될 것도 없다, 이런 얘길 하고 싶은 거 아닌가?
기석	어머님, 저 유리와 결혼하는 것에 대해서 은효에게 미안한 마음이나 죄짓는 마음 전혀 없습니다.
선희	유리?

선희는 '유리'라는 이름을 재빨리 집어냈다.

선희	미안하지도 않다고……? 그래도 사람 마음이 그런 거 아닌데, 자네야말로 우리 은효를 원망하고 있는 거 아니야?
기석	원망이라뇨? 제가 왜 은효를 원망하겠습니까?
선희	은효가 결혼 안하겠다고 한 게 사실이라면 원망할 만하지.

기석은 잠시 생각에 잠긴다.

기석	은효가 결혼을 못 하겠다고 했을 때, 저를 거부한다기보다는 포기하는 거라고 느껴졌습니다.
선희	포기?
기석	네. 은효에겐 어떤 다른 것이 있었어요.
선희	다른 거?
기석	네. 그것 때문에 자기가 가진 모든 걸 다 버려도 좋을 만한…….
선희	모든 걸 다 버리다니?
기석	결혼, 가정, 그리고…….
선희	그리고?
기석	병원 일까지.
선희	뭐? 병원 일을 포기하다니, 그게 무슨 말도 안 되는 소리야?

기석	은효가 전문의 시험에 합격하던 날, 어머님 기억 나세요? 축하해주려고 저랑 어머님이랑 기다리고 있었는데 집에 못 온다는 문자 하나 달랑 남기고 다음 날 아침까지 전화기 꺼져 있었던 거.
선희	급한 수술 잡혔는데 마침 휴대폰은 배터리가 나갔다고 그랬었지.
기석	그렇게 둘러댔지만, 사실은……, 어머님과 저를 피하고 싶었대요.
선희	피하다니?
기석	아무래도 이상해서 캐물었더니……, 전문의 자격시험에 합격한 걸 축하받을 수가 없었다는 거예요.
선희	뭐? 왜?

은효	기쁘지가 않아. 왜 이러지? 왜 이렇게 허전하기만 하지? 오로지 이것만 보고 달려왔는데, 힘든 거 다 참고 견디면서 마침내 성취했는데 왜 행복하지가 않지?
기석	그럴 수 있어. 오랜 시간 간절히 원하던 결과를 얻으면 허무하기도 하니까.
은효	그런 걸까?
기석	그럼! 그리고 또 이제부터 시작될 새로운 세계가

막막하게 느껴져서 그럴 수도 있고.

은효 진짜 그런 걸까?

기석 그렇다니까. 펠로우로 대학병원에 남을 건 아니지?

은효 그러고 싶진 않아.

기석 그럼 어느 쪽으로 가고 싶어? 종합병원?

은효는 고개를 가로젓는다.

기석 그럼 전문병원?

은효는 대답하지 않는다.

은효 (정색하고) 기석 씨.

기석 아, 미안. 이런 얘기 지금 하지 말까?

은효 나……, 내가 왜 의사가 되었는지 모르겠어.

기석 …….

은효 아무 의욕도 생기질 않아. 누구한테 속은 기분이야. 내가 왜 전문의 자격증을 땄는지 모르겠어. 뭐를 위해서 내가 여기까지 왔는지 모르겠어.

기석 왜긴 왜야? 질병으로 고통 받는 사람들을 치료하기 위해서지.

은효   (쓸쓸하게 웃으며) 그럴싸한 그 거짓말을 믿을 정
          도로 나 순진하지 않아.

기석   어째서 거짓말이라는 건데?

은효   그게 정말이라면 병원의 목적은 환자가 하나도
          없어서 문을 닫는 것이어야 하고, 의사의 목적은
          치료할 사람이 없어서 의사직을 그만두는 것이
          야 하지.

기석   임은효. 너 몇 살이야? 다 큰 어른이 그런 유치한
          얘기할 거야? 그런 비현실적인 말장난에 현혹될
          정도로 너한텐 이 세상이 한가해? 현실을 봐. 수
          많은 사람이 병들어있고 고통받고 있어. 그 사람
          들한텐 의사가 필요해. 네가 필요하다고.

은효는 반박할 의욕을 느끼지 못한다.

은효   (풀이 죽어서) 그래. 기석 씨 말이 맞네.

여기까지 얘기를 들은 선희는 답답하다는 듯 한숨을 뱉는다. 기석이
전하는 내용에 뭔가 마땅찮은 게 있는 모양이다.

기석   그 날은 은효가 너무 지쳐서 좀 극단적인 감정
          에 휩쓸린 거라고 생각했어요. 그런데 며칠 후에

은효가 밤에 전화를 했는데 술에 엄청 취했더라고요.

은효   (전화로) 기석 씨! 나야, 은효. 임, 은, 효! 뭐? 맞아. 많이 마셨어. 취했지. 근데 정신은 말짱해! 진짜야! 기분 댑따 좋아. 왜냐면 나……! 짜잔! 내가 왜 의사가 되었는지 알아냈다! 하하하하! 이게 다 기석 씨 덕분이야. 기석 씨가 나 혼냈잖아. '너 몇 살이야? 다 큰 어른이 그런 유치한 얘기 할 거야?' 이상하게 그 말이 내 마음에 콕 박혀서 계속 생각나고 또 생각나고 그러는 거야. '다 큰 어른.' '다 큰 어른'이라는 말이 지워지지가 않는 거 있지. 그러다가 번쩍하고 번개가 꽂혔어. 그래! 내가 다 큰 어른이라서 그랬구나. 다 큰 어른이라서 유치한 얘기를 차마 못 하고 있었구나. 그래서 잊고 있었구나. 아주 아주 유치한 꿈이라서 잊어버렸었구나. "제 꿈은 불쌍한 사람들을 도와주는 의사가 되는 것입니다!"라고 외치던 초등학생의 목소리를 잃어버렸구나. (울먹인다) 우냐고? 그래. 울어. 왜 우냐고? 취했으니까 울지, 바보야.

기석 은효가 그렇게 취한 건 처음이어서 사실 어떤 말
도 진지하게 들리진 않았어요. 그런데 다음 날
은효가 맨정신으로 똑같은 얘기를 하는 거예요.

은효 그래. 초등학교 때 꿈. 그게 바로 내가 의사가 되
고 싶었던 진짜 이유였어. 그런데 참 이상해. 그
런 꿈이 초등학생에겐 하나도 특별하지 않잖아.
왜 의사가 되고 싶냐고 물어보면 누구나 그렇게
대답할 거야. 불쌍한 사람들을 도와주기 위해서
라고. 그런데 왜 변하지? 왜 모두 의사로서 목표
를 달성했을 때는 그런 꿈은 유치하다면서 잊어
버리는 걸까?

기석 잠깐만, 은효야, 솔직히 난 그 어릴 적 꿈이 뭐가
특별하다는 건지 잘 모르겠는데? 환자면 다 불
쌍한 사람 아냐?

은효는 기석을 지그시 바라본다.

은효 사랑이 가장 필요한 사람은 사랑스럽지 않은 사
람이래. 의사를 가장 필요로 하는 사람은 의사
한테 올 수 없는 사람 아닐까? 의사한테 올 수
없는 사람을 찾아가는 의사가 되겠다는 거, 그

게 내 꿈이었어.

기석　　그러면……, 그 꿈을 찾아서 기쁘다는 건……?

은효　　(뭘 묻는지 다 알고) 그럼, 그 꿈을 따라가야지.

은효는 단호하지만 어딘지 슬픈 기색이다.

기석　　근데 왜 그렇게 슬픈 얼굴이야?

은효　　한편으론 마음이 좀……, 그러네.

기석　　왜?

은효　　엄마 때문에…….

기석　　어머님?

은효　　내 꿈을 찾아서 기쁘긴 한데……, 엄마를 생각하면 마음이 아파. 우리 엄마…… 나 키우느라 고생만 하셨는데…… 이젠 내가 엄마를 행복하게 해줘야 하는데…….

기석　　그럼 되지, 왜?

은효　　아무래도…… 그렇게…… 못 할 거 같다는 생각이 들어.

선희　　난 지금 자네가 무슨 얘길 하는지 잘 모르겠네. 은효가 바보가 아닌 이상 그렇게 말했을 리가 있어? 불쌍한 사람들을 도와주는 거 하고, 나한테 효도하는 거 하고, 같이 못 할 이유가 어디 있어?

기석   저도 어머님처럼 그때는 은효가 한 말의 뜻을 정확히 이해하지 못했어요. 그리고 은효도 아마 그때까지는 자기 꿈을 위해 어떤 일을 어떻게 하겠다고 구체적으로 정하지 않은 상태라서 그렇게밖에 말하지 못했을 거예요. 하지만 결국 은효는 그 두 가지를 병행할 수 없다는 걸 확실히 깨달은 겁니다.

선희   (답답하다는 듯) 이보게, 내가 우리 은효를 왜 의사 만들었지 아나? 난 늘 우리 은효한테 네가 의사가 되는 건 하나님의 사랑을 베풀고 아픈 사람들을 위해 봉사하기 위해서라고 가르쳤어.

기석   하지만……, 은효는 어머님이 바라는 게 뭔지 알고 있었어요. 딸 곁에 살면서 딸이 의사로서 인정받고 결혼도 잘하고 아이 낳아 잘 사는 모습을 보는 게 어머님의 행복이라는 걸 알고 있었던 거예요.

선희   그거야 당연하지. 거기다 신앙생활 잘하고 교회에서 봉사 잘하고, 그거 이상 난 바라지 않았어. 내가 뭐 우리 딸 의사 만들었으니 떵떵거리고 호화롭게 살자고 한 줄 알아?

기석   어머님, 은효는요…….

선희   은효가 뭐?

기석	떠나고 싶어 했어요.
선희	떠나다니, 어디로?

기석은 머뭇거린다.

선희	무슨 말을 하다 말아?
기석	은효가 죽고 나서 은효 컴퓨터를 제가 정리했는데 거기에……, 아프리카로 가기 위해 모아둔 자료들이 있었어요.
선희	아프리카?

선희는 잠시 당황하지만, 곧 여유롭게 웃는다.

| 선희 | 거 좋은 일이네. 아니, 자넨 왜 자꾸 날 이상한 사람 취급해? 해외 나가서 봉사하는 걸 누가 뭐라고 해? 누가 들으면 내가 내 딸 의사 만들어서 돈 긁어모으라고 닦달이라도 한 줄 알겠네. 은효가 봉사 안 하겠다고 해도 내가 시킬 사람이야. 내가! 우리 교회에서도 매년 여름 캄보디아니 중국이니 단기 선교 가는데, 난 우리 은효가 가게 되길 얼마나 바라왔다고! |
| 기석 | 저도 처음엔 은효가 몇 개월이나 길어야 일 년 |

정도 갔다 오는 의료활동을 준비한 걸로 생각했어요. 국경없는의사회 지원서와 구비서류를 보고 당연히 그럴 건 줄 알았죠. 하지만 그게 아니었어요. 어머님. 은효가 준비한 건 아프리카 어느 나라에 아예 정착하는 거였어요. 잠시 다녀오는 게 아니라 완전히 그 나라의 의사로 사는 거요.

선희는 고개를 돌려 기석을 똑바로 쳐다본다.

기석 완전히 가서 사는 거요. 어머님, 아프리카에 시에라리온이라는 나라에요.

선희 시에라…, 뭐?

기석 시에라리온은 아프리카에서도 의료적으로 가장 열악한 나라에요. 오랫동안 내전을 겪어서 많은 아이와 사람들이 부상과 질병으로 신음하고 있죠. 은효는 그 나라에 가서 그 나라 의사가 되려고 했어요. 저와 어머님을 모두 포기하고요.

선희의 눈빛이 묘해진다.

선희 우리 은효가……?

기석　　네.

잠시 멍해져 있던 선희는 천천히 고개를 가로젓는다.

선희　　아니야.

퍼즐을 끼워 맞추듯 머릿속의 조각들을 하나하나 주워 모은다.

선희　　아니야. 그럴 리 없어. 순전히 자네의 추측이야.
　　　　그럴 리 없어.

기석　　어머님…….

선희　　만의 하나! 우리 은효가 그, 아프리카 시에
　　　　라……. 그 나라로 갈까 말까 고민을 좀 했었다
　　　　면 그건, 그거야말로 은효가 자네를……, 아니
　　　　지, 자네가 우리 은효를 충분히, 그러니까, 우리
　　　　은효가 자네를 남편감으로 확신하고, 아무 망설
　　　　임 없이 결혼을 무조건적으로 선택할 수 있을 만
　　　　큼, 자네가 우리 은효를 충분히, 완벽하게 사랑
　　　　하지 않았던 거야. 그러니까 우리 은효가…….

기석　　어머님, 은효는…….

선희　　내 말 안 끝났어! 우리 은효는 아버지 없이 자라
　　　　났기 때문에 마음속 깊이 외로움이 있는 애야.

그래서 화목한 가정과 자상한 남편에 대한 꿈이 있었어. 그게 우리 은효의 꿈이었어. 뭐? 아프리카? 그런 거 아냐! 내 딸은 내가 알아. 은효가 자네 만났을 때 어땠는지 내가 얘기해줄까? 남들 다 꽃다운 나이에 제 짝 만나 결혼할 때 우리 은효는 그 어려운 의사 공부하느라 맨날 병원에 처박혀 지내다가 뒤늦게 자네 만나 사귀기 시작했을 때, 나 우리 은효 키우면서 한 번도 보지 못한 표정을 봤어. 걔 자네 사귀고 나서 얼마나 행복해했는지 몰라. 평생 그렇게 행복해하는 얼굴은 처음이었다니까? 그땐 정말이지, 병원에서 밤을 꼴딱 새고 들어와도, 얼굴에서 환하게 빛이 나더라. 걔 마음속 깊은 그늘, 엄마 눈에만 보이는 그 그늘이 자네 만난 후에 싹 없어지는 거 내가 똑똑히 봤어. 내가 내 딸을 몰라? 나보다 은효를 잘 아는 사람이 세상에 어딨어? 아프리카 같은 소리 하지 마. 왜? 도대체 왜? 그렇게 행복해하던 애가 왜 떠나? 그 먼 아프리카에, 뭐? 시에라……, 그런 이상한 나라에 왜? 자네를 사랑한다고 분명히 말했어. 그리고 은효가 지 에미를 얼마나 사랑했는데! 이렇게 사랑하는 사람들을 두고 왜 떠나?

기석   이해하기 힘드신 거 압니다.

선희   도대체가 말이 안 되잖아. 아프리카 그, 그런 끔찍한 나라에 가서 살고 싶어 했다니 도대체 앞뒤가 맞는 얘기라고 생각해? 여기도 환자가 수두룩한데 왜 아프리카까지 가? 한국 의사가 한국 사람을 고쳐야지 왜 굳이 말도 안 통하는 데 가서 굳이 아프리카 의사를 해?

기석   어머님, 저도…….

선희   길을 막고 물어봐. 누가 그걸 이해하겠나? 난 자네가 왜 이렇게 말도 안 되는 얘길 나한테 하는지 정말 모르겠네. 자네가 그렇게 우기면 자네 결혼이 더 편해질 거 같아서 이러는 거야, 지금?

기석은 더 이상 반박할 힘이 없어 그저 침묵한다.

마침 전화벨이 울린다.

선희는 애써 마음을 진정시키고 전화를 받는다.

선희   네-. 아, 예에, 권사님. 네, 네. 그럼요, 어제도 갔다 왔어요. 아이, 무슨 말씀을요, 힘들고 안 힘들고가 어딨어요? 그분을 저에게 맡겨주신 것도 다 하나님 뜻인데, 감사함으로 받아야죠. 그런 소리 마세요. 제가 뭘요? 저야 몸뚱이만 가는

거지, 우리 주님이 다 하시는 일인데요. 어머, 그
래요? 저런, 그랬구나. 그래도 잘됐네요. 그분은
돌아가시기 전에 예수 영접하고 천국 가셨으니
까요. 감사한 일이죠. 장례요? 오는 금요일 10시
요? 아무렴 당연히 도와드려야죠. 그럼 그때 뵐
게요. 네, 권사님, 들어가세요.

전화를 끊은 선희는 수첩을 찾아 메모를 한다.
선희도, 기석도 한동안을 말없이 앉아있다.
기석은 더 하고 싶은 말이 한참 남아있지만 차마 입이 떨어지지 않
는다.
어색한 침묵이 지루하게 이어진다.

기석　　호스피스 일은……,
선희　　이제 그만…….

두 사람의 말이 동시에 얽힌다.

선희　　뭐?
기석　　어머님 하시는 호스피스 일은 어떠시냐고요. 힘
　　　　　들지 않으세요?
선희　　쉽지야 않지만 죽음을 앞둔 사람만큼 힘들겠어?

지금 내가 돌보는 분은 위암인데 앞으로 두 달 정도밖에 안 남았대.

기석   ……. 안 됐네요.

선희   말기 다 돼서 발견했기 때문에 충격이 큰가 봐, 그래도 내가 곁에 있어 드리는 게 그분에겐 많은 힘이 될 거야.

기석   그렇겠죠.

선희   나도 순간순간 지칠 때가 많지만 우리 은효의 죽음을 헛되게 하지 않기 위해서 열심히 하고 있어.

선희는 호스피스 일에 정말로 최선을 다하고 있다.

그녀가 돌보고 있는 혜순이라는 환자는 오십 대 중반의 예쁘장한 여자다.

어제는 정말 딱 그만두고 싶을 만큼 혜순이 선희를 괴롭혔었다.

선희   잠시 세상에 내가 살면서 항상 찬송 부르다가
            날이 저물어 오라 하시면 영광중에 나아가리
            눈물 골짜기 더듬으면서 나의 갈길 다 간 후에
            주의 품 안에 내가 안기어 영원토록 살리로다

암 병동의 병실.

혜순의 곁에서 선희는 나지막한 목소리로 찬송을 부르며 혼자 감격에 겨워 눈을 감는다.

그런 선희를 혜순은 무표정하게 본다.

선희 찬송 참 좋죠? 저는 이 찬송을 부르면 나도 언젠가는 천국에 가서 우리 딸 은효를 만나게 되겠지 하는 소망에 기쁨이 흘러넘쳐요. 한 장 더 불러드릴게요.

선희는 찬송가를 뒤적이며 헛기침을 한다.

선희 감기기운이 있어서 목이 좀 잠겼어요. 듣기 거북하지는 않으세요?

혜순 거북해요.

선희 네?

선희는 놀라서 고개를 들어 혜순을 본다.

혜순 거북해요.

선희는 당황하여 찬송가를 덮고 괜히 침대를 정리하는 척한다.

선희	누우실래요? 침대 내려 드릴까요?
혜순	됐어요.
선희	…….
혜순	왜 태어났는지 모르겠어.
선희	…….
혜순	장난하나?
선희	(부드럽게 타이르듯) 무슨 말씀이세요?
혜순	자랄 때는 단 한 번도 갖고 싶은 걸 가져본 적이 없어요.
선희	그러셨어요?
혜순	좀 반반하게 생긴 덕에, 결혼은 잘하는 거라고들 했는데.
선희	남편 분께서 인테리어 사업을 크게 하신다면서 요?
혜순	돈맛을 좀 보나 싶으니까 바람을 피우기 시작해 서, 아마 지금도일 거예요.
선희	그럴 리가요.
혜순	죽는 마당에 생사람 잡아 뭐하게? 보면 알지.
선희	그래도 자녀분들은 너무 잘 키우셨던데…….
혜순	그럼 뭐해? 고마운 줄이나 알까?
선희	왜 모르겠어요?
혜순	싸가지들이 없어. 잘못 키웠어. 너무 없이 자란

게 한이 돼서 버는 족족 쏟아붓고 해달라는 대로 다 해줬더니 지들 밖에 몰라.

선희   혜순 씨, 이 땅에는 참된 소망이 없어요. 우리는 천국에 소망을 두고 사는 거예요.

혜순   나 천국 못가요.

선희   왜 그런 말씀을 하세요? 우리 주님을 영접하기만 하면 누구든지 천국에 갈 수 있어요. 하나도 어려운 일이 아니에요. 예수 그리스도께서 내 죄를 위하여 대신 십자가에 달려 돌아가셨다는 사실만 믿으면 되는 거예요.

혜순   한 번도 견적을 정직하게 내본 적이 없어.

선희   견적이요?

혜순   인테리어 공사 할 때, 도배, 장판, 칠, 죄다 부풀려서 불렀어요. 늘상 그러는 거니까 죄짓는단 생각도 안 해봤는데, 죽으려니까 겁나네.

선희   바로 그런 우리의 죄 때문에 예수님께서 십자가에 돌아가신 거예요. 예수님 십자가로 우리는 용서받았어요. 혜순 씨 죄도 다 용서받을 수 있어요. 예수님을 구주로 받아들이세요.

혜순   천국 가려고?

선희   네. 천국에 가셔야죠.

혜순   참 모르겠네.

선희   뭐가요?

혜순   그럴 거면 뭣 때문에 사냐고?

선희   이 세상은 그냥 나그넷길이에요. 나그넷길. 우리
            가 돌아갈 본향집은 천국이고요.

혜순   그러니까 뭣 때문에 나그네가 되냐고요?

선희   음……, 그건, 우리가 천국에서 받을 상급이 있
            기 때문이에요. 우리가 이 나그넷길을 잘 가면
            천국에서 상을 받아요.

혜순은 뭐가 웃긴지, 피식 웃는다.

혜순   그럼 난 천국가도 상은 못 받는 거네?

생각할수록 웃겨서 마침내 혜순은 깔깔대고 웃는다.

혜순   하하하하……. 거짓말은 밥 먹듯이 해, 아내 노릇
            도 제대로 못 해서 남편은 바람피워, 에미 노릇
            도 못 해서 자식새끼들 저 모양이야, 잘 한 거 하
            나도 없는데, 무슨 상을 받겠어? 아하하하…….
            아이구, 배야, 안 내키는 걸 기껏 예수님 영접해
            서 천국 갔는데 남들 다 받는 상, 나는 하나도
            못 받고 뻘쭘해서 서 있겠네? 하하하하……. 너

는 왜 왔니, 그럴 거 아냐? 아하하하……, 하하하
하……. 아이고, 내 배야. 아이고, 웃겨 죽겠네.

혜순은 배를 움켜잡고 웃다가, 웃다가……. 운다.
목놓아 운다.

혜순 죽기 싫어. 죽기 싫어. 나 정말 죽기 싫어. 살고 싶
어요! 살고 싶어요! 잘 살고 싶어요! 이렇게 살다
죽기는 싫어요. 내가 왜 죽어야 돼요? 견적서 그
깟 거 거짓말로 냈다고 죽어야 돼? 난 통이 작아
서 한 건에 끽해봤자 일이백 밖에 못 속였어. 나
보다 더한 사기꾼도 얼마나 많은데, 그놈들 다
놔두고, 평생 바람피운 놈도 저렇게 시퍼렇게 살
아 있는데, 나는 왜 죽어야 되냐고? 왜? 왜 내
가? 왜 내가 죽어야 돼?

선희 제가 지난번에 말씀드렸잖아요. 우리 딸 은효도
죽었어요.

혜순 당신 딸이 죽으면 나도 죽어야 돼? 당신 딸이 죽
었으니까 나도 죽으라고?

선희 그런 말이 아니라, 누구나 죽는다는 말이지요.

혜순은 악을 쓴다.

혜순	기회는 줘야지! 잘 살아볼 기회는 주고 죽으라고 해야지! 나도 잘살 수 있었어! 나도 잘 살 수 있었다고! 이건 불공평해. 이건 진짜 불공평해.
선희	그래요. 불공평하게 느껴지지요. 저도 그랬어요. 왜 내 딸이 죽어야 하나?
혜순	당신 딸이 죽었어도 난 죽기 싫다고! 난 싫다고! 난 싫어!
선희	내 딸은 천사처럼 착했어요. 죽어라 공부해서 의사도 되었고요.
혜순	나도 이를 악물고 살았어!!
선희	신랑감도 있었고 약혼까지 했는데 죽었어요! 얼마나 억울했겠어요?
혜순	그래서? 그래서 어쩌라구? 그랬으니까 너는 찍소리 말고 순순히 죽어라 이거야?
선희	감사할 조건을 찾아봐요, 우리.
혜순	지랄하고 자빠졌네. 감사? 내가 죽는 순간까지 욕을 해도 해도 모자랄 판에 감사? 감사?
선희	그러지 말고 잘 생각해봐요. 제가 혜순 씨 곁에 이렇게 있을 수 있는 건 제 딸이 죽었기 때문이에요. 제 딸이 죽지 않았다면 저는 이 호스피스 일 같은 거 할 생각도 못 했을 거예요. 제 딸의 죽음이 저와 혜순 씨를 만나게 한 거예요. 그렇

게 생각하면 제 딸의 죽음도 저에겐 감사할 조건
이 되는 거죠.

혜순   듣자듣자 하니까 재수 없어 죽겠네? 내가 암이
퍼져 죽기 전에 재수가 없어서 죽겠어. 입에 침이
나 바르고 뻥치시지? 엇따 대고 가식을 떨어? 딸
자식 죽은 게 감사해? 내 살다 살다 그런 거짓말
은 첨 들어 보네. 당신이 여기 왜 왔는지 내가 알
려줄까? 내 딸만 죽었다고 생각하니까 억울하고
원통해서 남들이 죽는 것도 보고 싶어서 온 거
잖아!

선희의 얼굴이 새빨개진다.

혜순   내 말이 틀려? 남들은 어떻게 죽나 구경하러 온
거 아냐? 그래, 이렇게 만신창이가 돼서 죽어가
는 내 꼴 보니까 기분이 어때? 기분이 한결 나아
지지? 내 딸은 그래도 약과였구나, 싶지? 감사?
감사를 하려면 당신이 나한테 해야지. 내가 아
주 좋-은 귀경시켜주면서 당신을 위로해주고 있
으니까!

새빨개진 선희의 얼굴이 바르르 떨린다.

선희는 눈을 감고 혜순을 향해 기도를 시작한다.

선희   하나님 아버지, 저희 죄를 용서하여 주시옵소서. 크나큰 시련 앞에서 우리의 마음이 완악하여지고 악한 생각을 이기지 못해 쓰러졌나이다. 주여, 저희를 긍휼히 여기시고 불쌍히 보시옵소서.

혜순   시끄러워! 기도하려면 집에 가서 혼자나 하라고!

선희는 더 열렬히 기도한다.

선희   우리 박혜순 자매님이 죽음 앞에서 어찌할 바를 모르고 방황하고 있습니다. 전능하신 하나님께서 우리 혜순 자매님의 마음과 생각을 돌이켜 주시고, 세상의 헛된 미련을 다 버리고 오로지 천국 소망만으로 그 마음에 위로를 받게 하여 주시옵소서.

혜순은 큰소리로 노래를 부르기 시작한다.

혜순   사랑해선 안 될 사람을~ 사랑하는 죄이라서~ 말 못 하는 내 가슴은 이 밤도~ 울어야~ 하나~

선희   예수 그리스도를 믿음으로써 구원을 얻는 그러한

기적이 일어나게 하여 주시옵소서. 그리하여 죽
음이 죽음으로 그치는 것이 아니라 하나님 앞에
가서 영원한 행복을 누리는 영생이 있다는 것을
믿게 하여 주시옵소서.

혜순   아아~사랑 애달픈 내 사랑아~ 어이 맺은 하룻
밤의 꿈~
잊지 못할 꿈이라면 차라리~ 눈을 감고 뜨지 말
것을~

혜순은 양손으로 장단까지 맞춰가며 큰소리로 신나게 노래를 부
른다.

선희   우리를 사랑하시는 예수 그리스도의 이름으로
간절히, 간절히 기도드립니다. 아-멘.

선희는 기도를 마치고 병실을 나간다.
도망치듯 사라지는 선희의 등에 대고 혜순은 더 바락바락 소리를
지르며 노래를 부른다.

혜순   싸랑해선 안될 싸람을~ 싸랑하는 죄이라써~~~

참 못됐다고 선희는 생각한다.

아니 불쌍한 거지, 그래 불쌍한 거다. 선희는 혜순을 불쌍한 인간으로 정리한다.

누군들 불쌍하지 않으랴. 선희는 선심 쓰듯 모두를 불쌍하게 여기기로 마음먹는다.

떨쳐내듯 혹은 끌어안듯 크게 한숨을 쉬는 선희.

선희　　　그래 결혼은 언제 해?

기석　　　다음 달에 하려고 합니다.

선희　　　(쓴 웃음) 마음이 무척 급한가 보네?

기석　　　…….

선희　　　유리라고 했지? 어떤 아가씨야? 물어봐도 되지?

기석　　　그럼요. 그런데 뭐부터 말씀드려야 할지…….

선희　　　나이는?

기석　　　좀 어렵습니다. 스물두 살이에요.

선희는 놀란다.

선희　　　스물두 살? 그럼……, 열네 살이나 차이가 난단 말이야?

기석　　　네.

선희　　　(놀란 가슴을 진정시키며) 그럼 아직 대학 졸업 안 한 거 아냐?

기석	대학생 아니에요.
선희	대학생이 아니면?
기석	미용사에요.
선희	미용사? 어떻게 알게 된 아가씨인데?
기석	로펌 그만두고 나니까 시간적으로 여유가 좀 생겨서요, 일주일에 한 번씩 변호사 협회에서 하는 무료법률상담을 나가는데, 거기서 만났어요.
선희	그 아가씨가 무료법률상담을 받으러 온 거야?
기석	네.
선희	그렇게 어린 아가씨가 무슨 일로 법률상담을 하러 왔을까?
기석	…….
선희	(서둘러) 말하기 싫으면 안 해도 돼. 내가 뭐 그런 거까지 알 권리는 없으니까.

어차피 기석은 숨김없이 선희에게 말할 작정이었다.
유리가 무료법률상담소에 찾아왔던 순간부터 이야기를 시작한다.
유리는 탁상 너머에 자리 잡고 있는 기석을 보자 실망한 기색으로 그대로 서 있었다.

유리	저기……, 혹시 여자 변호사님한테 상담을 받을 수는 없나요?

기석	아……. 오늘은 여자 변호사님이 안 계시는 데……, 제가 알기론 아마 다음 주에나 나오실 거 같은데……. 안내 데스크로 가셔서 스케줄을 한번 체크해보시겠어요?
유리	(실망하여) 다음 주요……?
기석	아마 그럴 겁니다. 그런데 왜 꼭 여자변호사님이어야 하는지? 혹시 상담받고 싶으신 문제가 가정폭력인가요?
유리	아뇨…….
기석	그럼 혹시, 성범죄인가요?
유리	…….
기석	제가 비록 남자지만, 여성의 입장에서 충분히 공감하고 들어보도록 노력하겠습니다. 말씀해보시죠.

유리는 망설인다.

| 기석 | 남자라고 해서 여자 편이 될 수 없는 건 아니지 않을까요? |

유리는 천천히 의자에 앉는다.

유리   저는……, 미혼모에요.

기석   그러시군요. 미혼모라는 이유로 부당한 일을 당하셨나요?

유리   여섯 살짜리 아들이 어린이집을 다녀요. 근데 어린이집에서 아빠의 직장에 가서 아빠가 하는 일을 견학하고 사진을 찍어오라는 숙제를 내준 거예요. 그래서 저는 우리 아들한텐 아빠가 없으니 대신 엄마의 직업을 체험시키기로 했어요. 제가 미용실에서 일하거든요. 그래서 원장님한테 양해를 구하고 제가 손님들 머리도 감겨주고 커트도 하고 파마도 하는 걸 우리 아들이 지켜보면서 사진을 찍게 했어요. 그런데 같은 건물 2층 태권도 관장이 커트하러 와서는 그걸 보게 된 거예요. 얘는 누구냐고, 사진은 왜 찍는 거냐고 물어보길래, 저는 그냥 솔직하게 다 얘기를 했어요. 그랬더니 아빠 없는 거 티 내면 친구들이 애를 무시하지 않겠냐고, 자기가 아빠 역할을 해주겠다면서 태권도 학원으로 올라와서 사진을 찍으라는 거예요. 저는 싫다고 했어요. 아빠가 없는 게 절대 부끄러운 일이 아니라고 생각했거든요. 오히려 아빠가 없는 데도 있는 척하는 게 부끄러운 거죠. 그런데 제가 분명히 싫다고 대답을 했는데도, 관장은 자꾸만 자기 말대로 하라는 거예요. 애를 기죽이고 싶냐면서, 친구들한테 놀림 받고 어린이집 선생들한테도 차별받게 된다면서, 앞으로도 필요할 때마다 자기가 아빠 노릇을 해줄 테니까 걱정하지 말라고 그러는 거예요. 관장이 하도 끈질기게 그러니까 미용실 원장님도 덩달아서, 관장님이 좋은 뜻으로 도와주려고 하는데 왜 그걸 못 받아들이냐면서 저를 못마땅해하시더라고요. 태권도 관장이 건물 주인이거든요. 저 때문에 기분이 상할까 봐 눈치가 보였나봐요. 원장님이 곤란해 하는 걸 보니까 저도 마음이 좀 불편했어요. 그래서 그럼 까짓거, 그냥 태권도장에서 사진만 찍고 금방 지워버리자 하는 생각으로 그러자고 했어요. 관장 머리를 커트해주는데 제 아들한테 몇 번이나 "내가 니 아빠 해줄게, 좋지?"라는 말을 해요. 전 그 소리가 소름 끼치게 싫었어요. 서진이가 못 듣게 ― 아들 이름이 서진이에요 ― 귀를 막아주고 싶었어요. 커트를 다 끝내고 태권도 학원으로 올라갔어요. 관장이 서진이를 데리고 이곳저곳에서 같이 사진을 찍더니 저하고 셋이서 가족사진처럼 찍재요. 싫다고 했어요. 정말 싫었어요. 정말 싫다고 분명히 말했는데도, 관장은 괜찮아, 괜찮아, 하면서……, 저를 힘으로 끌어당기더니 이렇게 팔을 제 허리를 둘러서 안고 사진을 찍어버린 거예요. (당시가 떠올라 분노를 가라앉히며) 정말 저는……, 애 앞에서 죽고 싶을 정도로 창피했어요. 아들한테 너무나 미안하고요. 나중에라도 서진이가 이 일을 기억하면 어떡하나 걱정되고……. 그 순간에는 관장한테 화가 나는 것보다 아들한테 창피하고 미안한 것 때문에 나도 모르게 눈물부터 났어요. 정말 바보 멍청이였죠. 울지 말고 그놈을 제대로 한 방 갈겨줬어야 하는데! (아차 싶어서) 죄송해요…….

기석 아뇨, 괜찮습니다.

유리 저는 그놈이 성추행 한 거라고 생각해요.

기석 저도 그렇게 봅니다.

유리 근데 전 정말 바보 같아서, 처음엔 그냥 넘어가려고 했어요. 미용실 원장님 얼굴도 있고, 오다가다 계속 마주칠 사람이니까, 제가 참아야지 어쩌겠나 싶었던 거예요. 근데 그 파렴치한 놈이 그날부터 미용실을 괜히 들락거리면서 나한테 잘 지내느냐, 아들 유치원은 잘 다니느냐, 아빠가 필요한 일이 있으면 언제든 말해라, 그러면서 커피 한잔 타달라고 하고, 급기야 어느 날은 어깨 좀 주물러 달라는 거예요. 더 이상 참을 수가 없었어요. 그래서 그놈한테 분명히 말하려고 했어요. 니가 뭔데 나한테 그런 걸 시키느냐? 미혼모라고 무시하냐? 나는 남편이 필요 없고, 내 아들한텐 아빠가 필요 없다, 나는 너 같은 놈의 도움을 받고 싶은 생각이 털끝만큼도 없다, 이렇게 말을 하려고 하는데……. (당시를 회상하며 새삼스럽게 속이 상해서 눈물이 난다) 진짜……, 왜 그렇게 바보 같은지……, 또 눈물부터 쏟아지는 거예요. 그러니까 말도 똑바로 안 나오고 계속 울음만 나오고……. 그랬더니 그 더러운 놈이……, 미혼모로 살기가 얼마나 힘들겠냐면서 저를 껴안으려는 거예요. 그 순간엔 저도 정말 어떻게 할 수가 없었어요. 미용실에서 쓰는 고데기 있잖아요. 쇠막대기처럼 생긴 거요. 하필 그게 손에 잡힌 거예요. 그걸로 그놈 얼굴을 갈겼어요.

기석   아……. (작은 소리로) 잘하셨네요.

유리   관장이 저를 폭행죄로 고소했어요. 미용실에선 당연히 해고되었고요. 저는요, 이대로 당하고 있기엔 너무 억울해요. 그래서…….

여기까지 이야기를 듣던 선희가 끼어든다.

선희   그래서, 설마, 기석이 자네가 그 여자 변호를 맡은 거야?

기석   네. 제가 변호를 맡았습니다. 하지만 소송에선 졌어요. 억지로 같이 찍은 사진도 유리가 이미 지워버린 상태였고 – 그럴 수밖에 없죠, 저라도 그런 사진은 기분 나빠 얼른 지워버렸을 테니까요 – 폭행도 정당방위로 인정받지 못했어요. 미용실 원장은 유리의 편이 되어주지 않았고요.

기석은 씁쓸하게 웃으며 한숨을 쉰다.
선희는 기석을 뚫어져라 본다.

선희   그래서? 그 소송을 하다가 좋아지게 됐단 말이야?

기석   그렇습니다.

당연한 듯 대답하는 기석의 반응에 선희는 기가 막힌다.

선희   아니 그럼, 소송에서 졌으면 형을 받았겠네?

기석   벌금형을 받았습니다.

선희   (아무래도 미심쩍어) 지금 얘기한 그 여자랑 결혼하겠다는 거, 맞아?

기석   네, 어머님.

선희   (혼잣말처럼) 미혼모에 폭행 전과자……. (비꼬듯
이) 대단한 미인인가 보네.

기석   그런 건 아니지만, 어딘지 모르게 은효를 많이
닮았어요.

선희   우리 은효?

선희의 목소리에 날이 선다.

기석   네.

선희   그게 무슨 소리야?

기석   생김새가 닮은 건 아닌데, 자꾸만 은효의 모습이
겹쳐졌어요.

선희   (질겁하며) 그런 소리 말아! 물론 자네가 우리 은
효를 못 잊어서 그런 거라고 내가 이해는 해야겠
지만…….

기석   은효를 못 잊어서 그런 게 아닙니다. 유리와 은효
가 가진…….

선희   (말을 막으며 날카롭게) 여보게, 기석이!

기석은 놀라서 선희를 쳐다본다.

선희　　　(애써 화를 누르며) 그만해.

기석은 입을 다문다.

선희　　　자네 아까 나를 친어머니처럼 생각했었다고 했지? 나도 마찬가지야. 자네를 친아들처럼 생각했었어. 그래서 하는 얘긴데……, 도대체 왜 그래? 왜 그런 여자한테 빠져서 정신을 못 차리고 있는 거야?

기석　　　'그런 여자'라는 건……, 미혼모라서인가요?

선희　　　당연하지! 미혼모에다, 사람을 폭행하고, 직업은 또 미용사라며? 대학은 안 나왔을 테고 고등학교나 제대로 나온 거야?

기석　　　어머님!

선희　　　미혼모라니, 말이 돼?

기석　　　미혼모를 왜 그렇게 나쁘게 보세요? 사람은 살다 보면 실수를 할 수 있어요. 누구에게나 생길 수 있는 일입니다.

선희　　　뭐? 실수? 그런 일을 어떻게 실수라고 말해? 아무한테나 그런 일이 생기는 거라고 생각해? 얼마나 몸을 함부로 굴렸으면 그 어린 나이에 임신을 해서 미혼모가 돼? 또 여자애가 그렇게 됐을 땐 그 부모나 집안은 안 봐도 뻔하지. 제대로 가정 교육이나 받았겠어? 그러니까 하라는 공부는 안 하고 남자나 사귀다가 미혼모가 되고 겨우 동네 미용실 같은 데서나 일할 수밖에.

기석   (정색하고) 어머님!

선희   내 말 틀린 거 없어. 보아하니 그 아가씨 인물이 좀 특별난가 본데, 아무리 얼굴이 반반하기로서니, 정신 차려, 이 사람아. 난 자네를 참 신중한 사람으로 봤었어. 그런데 지금 자네 모습이 어떤 줄 알아? 완전히 이성을 잃었어. 완전히 미쳐있어. 미쳐 있다고.

기석   어머님!

기석은 침착해지려고 숨을 고른다.

기석   제가 어머님께 이렇게 갑작스럽게 충격적인 소식을 전해드렸기 때문에 어머님이 흥분하시는 것도 무리는 아닙니다. 하지만 유리가 미혼모라는 사실 하나만으로 그렇게 말씀하시는 건 선입견이고 편견입니다. 네, 유리는 대학을 나오지 못했어요. 집안은 가난했죠. 그래서 실업계 고등학교를 졸업했고요. 아직 초보 미용사니까 돈을 많이 벌지도 못합니다. 하지만 저는 유리에게서 많이 배웁니다. 정말 존경할만한 성품을 가졌어요. 용감하고 진실한 사람입니다. 자신이 옳다고 믿는 신념을 위해서라면 그 어떤 것도 두려워하지 않는 용기와 순수함을 갖고 있어요. 그래서 그런 유리의 모습을 볼 때마다 전 자꾸만 은효가 떠올랐던 거예요.

선희   (찢어지는 소리로) 그만하지 못해!

선희는 새빨갛게 달아오른 얼굴을 하고 거친 숨을 몰아쉰다.

선희   (호통 친다) 어디다 우리 은효를 갖다 대? 어디 그런 천한 년한테다가 자꾸만 우리 은효를!

기석   (아연실색하여) 어, 어머님…… . 어떻게 그런…… .

선희   자네가 미혼모하고 굳이 결혼을 하고 싶다면 해! 하라고! 내가 그걸 말릴 재주는 없으니까. 하지만! 어디 감히 되지도 않게, 그런 부도덕한 여자하고 우리 은효하고 닮았다느니 그런 헛소리를 하냔 말이야! 가당키나 해? 어디 그딴 여자하고 우리 은효를! 내 참 기가 막혀서!

기석은 고개를 숙인 채 아무 말도 하지 않는다.

어떤 말도 할 수가 없다.

한동안 침묵하는 기석을 보고 선희의 기세도 조금은 누그러진다.

기석   사실 결혼 소식을 전할 때마다 거의 모든 사람이 어머님처럼 유리를 편견의 잣대로 봅니다. 그래서 어머님 반응도 충분히 예상하긴 했는데……, 그래도 속상하네요. 어머님한테만큼은 인정받고 싶었는데…….

선희   더 속상한 건 나야. 물론 은효 엄마인 내가 그 결혼 인정해주면 자네 맘이 편해지기야 하겠지만, 난 양심상 차마 그렇게는 못 하겠네. 절대로 안 될 결혼이야. 서로가 불행해질 게 뻔해. 그래도 하겠다면 해! 하지만 앞으로는 절대! 미혼모에다 폭행범인 여자를 보고 우리 은효가 생각난다는 둥 그런 정신 나간 소리 하지 마. 알겠어? 어떻게 우리 은효를 이렇게 모욕할 수 있어!

기석   어머님. 이렇게 화만 내지 마시고 제 얘기를 좀…….

선희   내가 무슨 화를 내? 나 화내는 거 아냐. 너무 어이가 없어서 그래. 내 참! 어이가 없어. 어이가 없다고!

기석은 선희를 간절한 눈으로 바라본다.

기석 어머님, 남녀가 사귀다 보면 자연스럽게 성관계를 하게 마련이고 그러는 과정에서 임신이 될 수 있습니다. 은효와 저도 사귀면서 성관계를 했어요. 결혼할 사이니까 피임도 하지 않았고요. 만일 임신이 되었다가 제가 먼저 죽었는데 은효가 낙태를 하지 않고 아기를 낳았다면 미혼모가 되었겠죠. 그런 경우, 그게 은효의 죄일까요?

선희 그거랑 같아?

기석 뭐가 다릅니까? 유리도 서로 사랑해서 사귀던 남자와 성관계를 했어요. 임신 안 되도록 철저하게 주의하지 못한 잘못은 있겠죠. 하지만 사람은 앞날을 모르니까요. 오히려 철저한 계산이 없었기에 그런 실수를 한 거죠. 의도하진 않았지만 한 생명이 생겼습니다. 그 사실을 알고도 비겁하게 떠난 남자는 죄가 있지만, 그 생명을 귀하게 여겨, 낳아서 키우겠다는 선택을 한 여자는 오히려 존경받아 마땅하죠. 유리는 남자에게 집착하거나 원망하지도 않았어요. 아이의 존재를 감사하면서 씩씩하게 혼자 힘으로 살고 있었어요. 미혼모라는 사실을 숨긴 적도 없고 당당했습니다.

그렇게 훌륭한 여자를 미혼모라는 사실만으로 무시하고 값싼 동정을 가장해서 추행하려고 한 놈이야말로 폭행당해 마땅한 놈입니다. 그런 놈은 죽도록 맞아도 싼 놈입니다. 하지만 저라면 그놈을 패주지 못했을 겁니다. 왜냐면, 전 비겁하니까요. 저는 법을 알고 있고 머리가 잘 돌아가니까요. 그놈을 패면 내가 불리하게 되리라는 걸 아니까요. 유리는 그걸 몰랐습니다. 무엇이 자기에게 유리하고 불리한지를 계산하지 못했어요. 유리가 아는 건 무엇이 진실이고 무엇이 거짓인지, 그것뿐이에요. 머리가 아니라 가슴으로 느끼고 느낀 대로 행동하는 사람입니다.

기석은 언제나 자신의 허를 찌르던 유리의 모습을 떠올린다.

유리 변호사님, 고맙습니다. 벌금 내주신 거 꼭 갚을게요.

기석 무슨 말씀을요, 아닙니다. 제가 능력이 안 돼서 소송에 졌잖아요.

유리 아니에요. 애만 쓰시고, 돈도 안 받으시고……

기석 당연하죠. 국선변호인이 무슨 돈을 받습니까?

유리 어쨌든 벌금은 꼭 갚을 거예요. 그런데 좀 기다

려주세요. 돈을 모으려면 시간이 좀 걸려요.

기석 진짜 괜찮습니다. 신경 쓰지 마세요.

유리 아뇨. 돈은 꼭 받으셔야 돼요. 저 동정 받는 거 싫어요.

기석 아……, 그런 거 아닌데……. 유리 씨 뜻이 그렇다면 받을게요.

유리 네. 그러셔야죠.

기석 저……, 그런데……, 금방 갚지는 못한다고 하셨죠?

유리 네에. 죄송해요.

기석 아니, 그러라고 말씀드린 게 아니라……, (갑자기 얼굴이 빨개지며) 혹시 제가 채권자로서 채무자분께 자주 연락 드려도 될까요?

유리 네?

기석 (일부러 굳은 표정으로) 떼어먹고 도망가시면 안 되잖아요.

유리는 두 눈을 동그랗게 뜨고 기석을 쳐다본다.

기석 (태연한 척) 자주 연락하고 얼굴도 봐야지 저한테 그 돈 갚을 거 계속 생각나실 테니까…….

유리는 평온한 표정으로, 정 그렇다면 속아주겠다는 듯 고개만 끄덕인다.

기석은 뻘쭘해진다.

어색한 침묵.

기석   (스스로에게) 에이……, 진짜…….

유리는 어린애를 보듯 가만히 미소 짓는다.

기석   (괴로워하며) 어휴! 나란 놈은 하여간…….

유리   (조심스럽게) 다시 해보실래요?

기석   네?

유리   망쳤으면……, 다시 하시면 되잖아요.

기석   (얼이 빠져) 아, 아……! 그, 그렇죠.

유리는 기다린다.

기석   저……, 그러니까……, 제가 어……, 유리 씨
            를……, 아니, (힘주어) 유리 씨와 사귀고 싶습니
            다!

유리의 얼굴에 환한 웃음이 가득 번진다.

기석   (유리의 눈치를 살피며) 대, 대답……?

유리   좋아요!

그제야 기석도 활짝 웃는다.

유리   그런데 마음에 걸리는 게 있어요.

기석   뭔데요?

유리   사실 변호사님과 사귀기엔 지금 제가 너무…….

기석   (말 끊으며) 그런 말씀 하지 마세요! 유리 씨의 처지와 상황이 어떻든 저한테는 아무 상관없습니다. 유리 씨는 정말로 놀랍고 멋진 여자예요. 저보다 훨씬 훌륭하고 훨씬 좋은 사람입니다.

유리   알아요.

기석   (당황하여) 네?

유리   (장난스럽게) 저도 제가 좀 멋진 거 알아요. 물론 못난 구석도 많지만. 제가 하려던 말은, 앞으로 제가 너무 바빠질 거 같다는 거예요.

기석   어, 어떤 일로요?

유리   제가 이런 일을 당하고 나니까 저 같은 처지에 있는 미혼모들이 얼마나 힘들고 서러운 일이 많을까 싶더라구요. 그래서 미혼모 지원 단체에서 자원봉사를 하기로 했어요. 게다가 일도 해야 하고 서진이도 돌봐야 하니, 진짜 바쁠 거 같아서요. 이해해주실 수 있어요?

기석　　아……! 그거예요? 이런, 큰일이네. 저 보고 싶은 사람 못 보는 거 진짜 못 참는데……. (항의하듯) 그래도 일주일에 한 번은 만나주실 수 있는 거 아닙니까?

유리　　일주일에 한 번? 음……. (고민하는 척하다가) 좋아요. 제가 많이 봐 드린 거예요!

기석　　어이쿠! 고마워라. 이 은혜 잊지 않겠습니다, 유리 씨!

둘은 유쾌하게 웃는다.

기석　　위선과 가식이 없고, 세상의 속된 잣대에 휘둘리지 않는 그런 보석 같은 마음을 가졌어요. 어머님, 은효가 바로 그런 사람이었잖아요. 그래서 제가 유리를 보면 은효를 떠올리게…….

선희　　(악을 쓴다) 그만 하라니까!!

선희는 벌떡 일어서는데, 중심을 잃고 휘청거린다.

기석이 놀라서 선희를 붙든다.

선희는 기석을 뿌리친다.

선희   이거 놔! 천하에 몹쓸 사람 같으니! 끝끝내 우리
         은효를……! 나 정말 불쾌해! 당장 나가! 내 집에
         서 당장 나가! 어서!

기석은 할 말을 잃고 잠시 그대로 있다가 외투를 집어 든다.
그러나 선뜻 나서려는 태도는 아니다. 발길을 붙드는 뭔가가 남아있
는 듯.
안 떨어지는 걸음을 현관 쪽으로 몇 번 떼다가 기석은 다시 돌아선
다.

기석   저……, 정말로 어머님께 축하 한마디 듣고 싶었
         습니다. 아무도 제게 해주지 않은 축하, 어머님
         께 듣고 싶었어요. 부모님, 누나, 친척분들, 선생
         님, 선배, 친구, 후배, 그 모든 사람 중에 제가 유
         리와 결혼하는 걸 찬성하는 사람은 단 한 명도
         없으니까요. 모두가 반대해요. 그것도 아주 극렬
         하게 반대하죠. 부모님께선 제가 이 결혼을 한
         다면 저와 인연을 끊겠다고 선언하셨어요. 하지
         만 어머님한테만큼은 꼭 축하받고 싶었어요. 왜
         냐면……, 은효가 저에게 남기고 간 것들 때문에
         제가 이렇게 변했으니까요.

선희는 마음이 상하고 지칠 대로 지쳤지만 기석의 집요함과 간절함에 못 이겨 그를 향해 다시 고개를 돌린다.

선희   은효가 남긴 거라니?

기석   은효는 죽었지만 은효가 남긴 무언가가 제 안에 살아있는 거죠.

선희   그게 뭔데?

기석   (마지막 끈을 붙잡는 심정으로) 그게 뭔지, 그걸 어머님께 말씀드리려는 겁니다.

선희   (남은 힘을 쥐어짜 양보하며) 그래. 어디 해 봐.

기석은 큰 숨을 한 번 쉰다.

기석   사고가 났던 날, 은효 차 내비게이션에 마지막으로 입력된 목적지를 제가 찾아갔었습니다. 경상북도 구암산 기슭에 아주 외딴 곳이었는데, 어떤 남자분이 혼자 살고 있었어요. 알고 보니 은효의 대학 선배 김희권이란 분이었습니다. 그분은 은효의 소식을 전혀 모르고 있었어요.

희권은 기석에게서 은효가 죽었다는 소식을 듣고서 실어증에 걸린 사람처럼 한참 동안 아무 말도 하지 못했다.

기석은 희권이 정신을 차릴 때까지 참을성 있게 기다리면서도
속으로는 혼란스럽고 불안했다.

기석　　　선배님.

희권　　　(가까스로 추스르며) 죄송합니다. 누구보다 힘드
　　　　　　실 텐데…….

희권은 뒤늦게 차를 끓이기 시작한다.
기석은 희권의 뒷모습을 노려본다.

기석　　　(따지듯) 은효한테서 선배님에 대한 얘기는 한
　　　　　　번도 들은 적이 없었습니다. 그런데…….

희권은 차를 따라 기석에게 건넨다.

희권　　　은효가 왜 저를 찾아오려고 했는지는 저도 짚이
　　　　　　는 데가 전혀 없습니다. 저는 은효에게 지워진 사
　　　　　　람인데…….

기석　　　그럼……?

희권　　　은효가 저에게 어떤 사람이었는지, 제가 은효에
　　　　　　게 어떤 사람이었는지 말씀드릴게요.

희권은 마지막으로 은효를 만났을 때를 떠올리며 이야기를 시작한다.

은효가 근무하는 병원 뜰이었다.

햇살이 유난히 맑았다.

하얀 의사 가운을 입은 은효는 마치 천사같이 보여서, 희권은 덥수룩한 머리에 꾀죄죄한 차림의 자신이 새삼스럽게 창피해졌다.

희권	바쁜데 나온 거 아냐?
은효	한 시간 정도 괜찮아.
희권	점심은?
은효	먹었어. 선배는?
희권	아침을 늦게 먹어서……. 병원 일 많이 힘들지?
은효	1년차가 다 그렇지, 뭐.

희권은 점퍼 주머니에서 야쿠르트 두 병을 꺼내 그중 하나에 빨대를 꽂아 은효에게 준다.

은효	웬일이세요? 선배가 이런 귀여운 짓을 다 하고?
희권	건널목 앞에 야쿠르트 아줌마가 있었어.

은효는 야쿠르트를 마신다.

희권   하나 더 마셔.

희권은 나머지 하나에도 빨대를 꽂아 준다.

희권   은효가 맨날 어린애일 줄만 알았는데, 가운 입은
          걸 보니까 제법 의사티가 난다?
은효   후후, 그래?
희권   게다가 너, 어쭈! 여유가 생겼는데?
은효   놀리지 마.
희권   저번에 만났을 때 술 진탕 마시고 엉엉 운 거 생
          각 안 나? 레지던트 3년 차 여자 선배, 얼굴도 못
          생긴게 괴롭힌다고…….
은효   아이, 선배도! 못생겼단 말 내가 언제 했어?
희권   애 봐라? 내가 너 울면서 했던 말 그대로 다 해
          봐?
은효   치-, 그런 건 좀 잊어주지.
희권   잊어? 야, 그러면 너 만났던 기억 다 잊어야 돼.
          너 나 만날 때마다 매번 울었다.
은효   설마!
희권   설마라니? 내가 거짓말하냐?
은효   (민망하여) 내가, 그랬나……?
희권   그래, 인마. 왜인 줄 알아? 네가 꼭 힘들 때만 나

	한테 전화를 했거든.
은효	아니야. 내가 언제 그럴 때만 선배를…….
희권	아니긴, 짜샤, 너 만나면 맨날 힘들다, 죽겠다, 고민이다, 징징대는 통에 나 진짜 골치 아팠다.
은효	그거야 그러려고 만난 게 아니라, 만나서 얘기하다 보면…….
희권	됐어. 됐어.
은효	……. 미안해, 뭐.
희권	미안한 거 알면 됐어. 근데 너 나한테 와서 징징대고 또 딴 남자 만나서 똑같이 징징대고 그런 거 아니지?
은효	미쳤어? 그런 얘기 털어놓을 사람이 선배 말고 어딨어?
희권	그럼 됐다. 네가 날 믿는다는 거니까.
은효	믿지. 엄청 믿지.
희권	역쉬! 임은효한텐 이 김희권이밖에 없구나! 음하하하!

둘은 유쾌하게 웃는다.

희권	근데 말이야, 오늘은 내가 너한테 상담 좀 하러왔다.
은효	뭔데?

희권	들어줄 거야?
은효	물론이지!
희권	에이, 너 저녁에 시간 되면 술 한 잔 사주면서 사상 최초로 내 고민을 털어놓으려고 했는데……, 이거 뭐냐? 분위기 없이?
은효	미안. 오늘 약속이 좀 있어서…….
희권	그래, 뭐, 이렇게 벌건 대낮에 한 번 해보는 것도 괜찮지.
은효	무슨 얘긴데?
희권	내가 말이야…….
은효	응.
희권	사랑하는 사람이 생겼어.
은효	우와! 정–말?
희권	음.
은효	누군데? 응? 누군데?
희권	너야.

은효는 눈을 커다랗게 뜨고 희권을 쳐다보기만 한다.

희권	너.
은효	…….
희권	내가 너를 사랑하게 됐다.

은효는 황급히 눈을 내리깔고 잔디밭만 뚫어져라 본다.

희권   들었으면 뭐라고 말을 해줘야지.

은효   너무, 갑작스러워서…….

희권   당황했냐? 나는 너도 날 좋아하고 있다고 생각했
         는데…….

은효   좋아하지. 당연히…….

희권   선배로서?

은효는 미안한 듯 고개를 끄덕인다.
희권은 벌떡 일어서서 벤치 곁을 왔다 갔다 한다.

희권   너도 알지? 내가 분위기 맞추고 뭐 그런 거 진짜
         못하는 거. 내가 미쳤나보다, 야. 뜬금없이 너 근
         무 중에, 자투리 시간에, 이건 뭐 병원 잔디밭에
         서, 멋대가리 없이, 선물도 없고……, 아니, 나란
         인간은 말이야, 오늘 저녁이 안 되면 내일 저녁
         으로 미루던가 해야 되는데, 갑자기 해야겠다는
         생각이 드니까 너한테 달려오고 싶은 걸 참을
         수가 없더라고. 근데, 은효야. 나 그냥 이대로 끝
         까지 할란다. 뭐 어차피 더 준비한다고 잘할 수
         있는 것도 아니고. 아, 이거 진짜 어설프네.

희권은 쓱- 은효 앞으로 가서 무릎을 꿇는다.

은효　　　(기겁하며) 선배!!

희권　　　임은효! 나하고 결혼하자!

은효는 주위의 눈치를 살피며 희권을 일으키려한다.

은효　　　일어나!

희권은 버틴다.

희권　　　결혼하자!

은효　　　왜 이래? 일어나요. 어서!

계속 버티는 희권.

희권　　　결혼하자!!

은효　　　제발 좀! 대답할 테니까 얼른 일어나서 여기 앉
　　　　　　 아요.

희권　　　쪽 팔리냐?

은효　　　빨리!

희권　　　알았어. 짜식, 소심하긴!

희권은 일어나 다시 은효 옆에 앉는다.

대답을 기다리듯 은효를 쳐다본다.

하지만 은효는 얼른 대답을 못 하고 뜸을 들인다.

희권   나 대답 들어야 간다.

한동안 입술만 깨물던 은효는 어렵게 말을 시작한다.

은효   내가 선배를 어떻게 생각하고 있는지는 선배가
더 잘 알 거야. 1학년 때부터 지금까지 늘 나를
도와줬고, 어려울 때 힘이 되어줬고, 슬플 때 위
로해줬고……, 나한텐 정말 둘도 없이 고마운 사
람이야. 아무것도 모르는 나에게 세상을 알게 해
줬고, 보이지 않는 걸 볼 수 있게 해줬지. 때로는
아버지 같았고, 때로는 친오빠 같았어. 선배는
정말 나한테 소중한 사람이야. 진심으로 그래.
그래서 내가 선배한테 허물없이 대하고 막무가
내로 기대고 의지했을 거야. 그런데 그런 내 행동
이나 태도가……, 선배로 하여금 내 마음을 오해
하게 만들었다면, 정말 미안해.

희권   그런 거 아냐, 인마! 기대는 했지만 오해한 건 아
냐. 그런 거 상관없이 내가 널 사랑하게 된 거야.

은효	왜냐고 물어봐도 돼?
희권	왜냐? 야아, 그거 어렵다. 사실 뭐 말이 안 되는 질문이지만, 굳이 대답하자면, 네가 참 순수한 애라서 좋아. 그래서 사랑스럽고.
은효	순수해? 나 아닌데.
희권	너 순수해.
은효	아니라니까. 나 절대로 순수하지 않아.
희권	어이구, 이 바보! 자기가 자기를 순수하다고 생각하는 사람이 어딨냐?
은효	(단호하게) 아니. 정말 아니야. 내가 정말로 순수하다면 선배랑 결혼하겠다고 했을 거야.
희권	그게 무슨 말이야?
은효	솔직하게 말할게. 나 선배랑 결혼하는 거 겁나. 선배는 불안정한 사람이야. 아니, 불안정한 정도가 아니라 위험해. 김희권의 인생이 너무 위험하고 위태로워. 의대 다니다가 덜컥 그만두고, 갑자기 다큐멘터리를 하겠다고 있는 돈 다 털어서 카메라 하나 달랑 사가지고, 험한 데란 험한 데는 다 찾아다니고, 돈은 하나도 못 벌면서, 맨날 여기저기 다치는 게 일이고, 저번엔 죽을 뻔하기도 했잖아. 난 그런 거 감당 못 해. 나는⋯⋯, 그렇게 살기는 싫어. 나 그런 거 진짜 싫어. 그럴 만큼

순수하지 못해.

희권 야, 인마, 해보지도 않고 어떻게 알아? 네가 갖고 있는 순수성을 너 스스로 깨닫지 못할 수도 있다? 너 1학년 때 우리 엠티 가서 실수로 쌀 강물에 다 흘려보내고 쫄쫄 굶었을 때도 불평 한마디 없이 제일 잘 버텼잖아. 배고프니까 하늘이 더 높아 보인다면서. (웃다가 갑자기 비밀을 말해주듯) 야, 그리고 내 생활, 은근히 재밌어. 한번 빠져들면 못 헤어 나올걸? 그리고 은효야, 내가 결혼하면 설마 너를 굶기겠냐? 내가 노가다를 해서라도 돈은 벌게. 노가다 하면서 너 레지던트 끝낼 때까지 기다릴게. 그 후에 우리 같이 떠나볼 수 있잖아. 나는 다큐를 찍고, 너는 의사 일을 할 수 있는 그런 곳으로.

은효 그만해. 나 노가다 하는 남편 싫어. 결혼이 장난이야? 어떻게 선배한테는 인생이 그렇게 쉬워? 하고 싶다고 하고, 가고 싶다고 가. 선배한테는 인생이 그렇게 농담 같을지 모르겠지만 나한테는 안 그래.

희권 나 인생 장난으로 생각 안 해. 한번 사는 인생, 하고 싶은 거 하고, 가고 싶은 곳으로 가야 하는 거 아니니?

은효는 화가 나는 듯, 희권을 똑바로 쳐다본다.

은효   선배가 나를 잘못 봤네. 그래, 하고 싶은 거 해야
지. 그런데 내가 하고 싶은 건, 행복한 가정을 만
드는 거야. 내가 가고 싶은 곳? 병원에서 퇴근하
고 돌아갈 포근하고 안락한 집이야. 그게 내 꿈
이야. 그 꿈을 향해서 이제까지 달려왔어. 내 남
편은 자상하게 늘 내 곁에 있어줘야 돼. 물론 돈
도 잘 벌어야지. 그래야 아기도 많이 낳아서 잘
키울 수 있으니까. 내 남편이 아이들이랑 다정하
게 놀아주는 모습을 내가 얼마나 보고 싶은지
알아? 그리고 무엇보다 난 우리 엄마한테 원 없
이 효도할 거야. 불쌍한 우리 엄마…… 남편 없
이 혼자서 나 키우느라 평생 일만 하셨어. 변변
한 옷 한 벌 못 사 입고 제대로 된 화장품 하나
못 써본 우리 엄마, 이제는 내가 남부럽지 않게
호강시켜 드릴 거야. 텔레비전 보면서 부러워했
던 안마의자도 사드리고, 크루즈 여행도 친구분
들이랑 같이 폼나게 보내드릴 거야. 이런 게 내
가 하고 싶은 일이야. 알겠어?

희권은 고개를 숙인 채 아무 말이 없다.

은효 역시 거친 숨을 가라앉히며 침묵한다.

희권   그래……. 그래야지. (고개를 끄덕인다) 내가 잠
시 미쳤었나 보다.

희권은 벌떡 일어선다.

희권   미안하다. 갈게.

버릇처럼 주머니에 손을 넣던 희권은 손에 야쿠르트가 잡히자 한 병
더 꺼내어 내민다.

희권   하나 더 줄까?

은효는 차마 희권을 보지 못한다.
희권은 야쿠르트에 빨대를 꽂아 은효가 앉은 벤치 옆에 놓아 준다.

희권   임마, 괜찮아! 다음에 또 힘든 일 있으면 망설이
지 말고 전화해.

희권은 은효의 어깨를 툭툭 쳐주고는 걸음을 옮기는데…….

은효   선배!

돌아보는 희권.
은효는 머뭇거리다 결심한 듯 희권에게 다가간다.

은효   (애써 차갑게) 나 이제 전화 못 해. 아니, 안 할 거
     야. 아무리 힘들어도 선배한테는 전화 안 할 거
     야. 잠시 후면 김희권이라는 이름, 내 휴대폰에서
     지울 거야. (목소리가 떨리기 시작한다) 하지만
     선배가 나에게 줬던……, (차마 표현을 못 하고)
     모든…….

희권   (천연덕스럽게 거든다) 사랑– 임마, 사랑!

그 말에 은효는 끝내 울음을 터뜨린다.
희권은 목에 둘렀던 꼬질꼬질한 수건을 풀어 은효에게 건넨다.

은효   (울면서) 황 교수 그 나쁜 놈이……, 나 술 먹여
     서 자기 차로 데려갔는데……, 선배가……, 거
     짓말처럼 나타나서 나 구해줬을 때……, 그때
     나……, 선배한테 반했었어. (더욱더 서럽게) 세
     상에서……, 제일 멋있어 보였는데…….

희권도 목이 메고 코끝이 시큰하다. 하지만 애써 웃는다.

희권   당연하지, 짜샤- 내가 그런 놈이야.

한참 울고 난 은효는 눈물 닦고 코까지 푼 손수건을 손에 쥐고는
어찌해야 할까 물끄러미 바라본다.

희권   버려.

희권은 망설임 없이 뒤돌아 간다.
빠른 걸음으로 은효에게서 멀어진다.
그렇게 닿을 수 없도록 충분히 멀어졌었는데……
그 먼 길을 찾아나섰다가 죽었다니, 은효가 죽었다니……
희권은 멀리 창밖의 하늘로 시선을 돌린다.
돌연히 초연해진 것 같은 그 모습에 기석의 마음은 오히려 더 복잡
해진다.

기석   그래서, 그래서 어쨌다는 겁니까? 은효가 그렇게
             단호하게 거부했던 선배님을 다시 찾아오려 했
             다는 게 도대체 무슨 뜻이라는 거죠?
희권   기석 씨……. 우리가 알 수 없는 건……, 알 수 없
             는 채로 놔둘 수밖에 없어요. 안 그래요?

두 사람은 서로를 바라본다.

알 수 없는 인연으로 이어진 낯선 존재를 바라볼 뿐이다.

그뿐이었다.

기석은 한없이 엉킨 마음의 실마리를 찾지 못한 채 그곳을 떠났다.

기석　　　우리가 알 수 없는 건 알 수 없는 채로 놔둘 수밖에 없다는 그분의 말이 그때는 너무나 암담하게 들렸습니다. 하지만 그게 아니라는 걸 알게 됐죠. 그건, 우리가 반드시 알아야 할 것은 결국 알게 된다는 뜻이었어요. 김희권 씨를 만나고 와서 얼마 후에 은효의 컴퓨터를 정리하게 되었고 은효가 모아둔 파일들을 보게 된 거죠. 엄청난 양의 아프리카 자료들, 그리고 일기……, 라고 할 수 있는 게 있었습니다. 날짜를 추적해보니 은효가 의사라는 자기 정체성에 대해 고민할 때부터 쓴 거였어요. 거기엔, 아까 제가 어머님께 말씀드렸던 대로……, 모든 것을 버리고 아프리카 '시에라리온'이라는 나라로 떠나겠다는 결심이 분명하게 적혀있었습니다.

선희는 무서운 기세로 기석을 노려본다.

기석　어쩌면……, 알 수 없는 것을 알 수 없는 채로 놔
　　　둘 수 있었다면 더 좋았겠죠. 은효가 살아있었다
　　　면 반드시 저와 어머님을 떠났을 거라는 거, 그
　　　게 진실이었으니까요.

이제 선희는 아무것도 받아들이지 않겠다는 듯 아예 두 눈을 감아
버린다.

기석　그런데 어머님. 제가 은효에게 버림받을 예정이었
　　　다는 사실, 그것보다 더 견딜 수 없었던 건……,
　　　은효가 떠날 결심을 하고 나서 김희권 씨를 찾
　　　아가려고 했다는 겁니다. 어머님도 저도 아닌,
　　　김희권 씨를…… 왜냐면 (목이 멘다) 아무도 없
　　　었던 거예요. 떠나겠다는 은효의 결심을 기뻐해
　　　줄 사람이 아무도 없었던 거예요. 그 선배 외에
　　　는…….

뒤늦게 떠오른 그 날의 기억이 기석의 마음을 아프게 파고든다.
약혼식 전날, 은효의 집 앞에서였다.

기석　오늘은 일찍 자. 준비한다고 늦게까지 깨있지 말고.
은효　벌써 가게?

기석	헤어지기 싫구나?
은효	얘기 조금만 더 하면 안 될까?
기석	왜 안 되겠어? 무슨 얘긴데?
은효	아니, 꼭 무슨 얘기라기보다는……. 그냥…….
기석	할 얘기 있는 거 같은데?
은효	그냥……, 물어보고 싶은 게 있어서.
기석	뭔데?
은효	그냥……, 물어보고 싶어. 나를 진정으로 사랑하는지.

새삼스러운 질문에 기석은 사람 좋게 웃으며 은효를 따뜻하게 안아 준다.

기석	(장난기를 섞어) 그대를 '진정으로' 사랑하오! 은효야, 내가 너 사랑하는 거 안 느껴져? '진정으로' 사랑하는 게 안 느껴지니?

은효는 쑥스럽게 웃는다.

기석	물어보고 싶었던 게 그거야?
은효	몇 개 더 있는데…….
기석	또 뭔데? 물어봐.

은효는 기석의 품을 빠져나와 손을 잡는다.

은효   만약에…….

기석   만약에?

은효   만약에 내가 기석 씨한테……, 함께 멀리 떠나자
            고 부탁한다면 어떻게 할 거야? 여기서 기석 씨
            나 내가 이루고 쌓아놓은 거 전부 다 포기하고,
            진짜 전부 다 포기하고 함께 떠나자고 한다면?

기석   왜 전부 다 포기해야 하는데?

은효   가져갈 수가 없으니까. (미안한 듯) 아주 먼 곳으
            로 가면…….

기석은 선뜻 대답하지 못하고 잠시 생각한다.

은효   어렵지?

기석   쉽진 않네.

은효   못 떠날 것 같아?

기석   꼭 그런 건 아니고…….

은효   그럼 떠날 수 있겠어?

은효는 눈을 빛내며 기석을 바라본다.

기석   음……. 무조건 떠난다, 못 떠난다로 말할 순 없
         을 것 같아. 우리가 떠나는 게 우리 두 사람
         과 앞으로 태어날 우리 2세들의 미래를 위해서
         나 또 양쪽 부모님을 위해서나 다 좋은 일이라
         고 판단이 된다면 당연히 떠날 수 있겠지. 하지
         만…….

천천히 시선을 내리는 은효.

기석   왜?
은효   응?
기석   왜 물어본 거야?
은효   그냥…….
기석   그냥이 어딨어?
은효   그냥……. 기석 씨 생각을 알고 싶어서.
기석   그랬더니? 내 생각이 어땠어?

은효는 차분하게 미소를 지어 보인다.

은효   맞는 말이야.

그리고 한동안 말이 없다.

기석	물어볼 거 더 있다며?
은효	내가 기석 씨를 사랑하는 건 알고 있지?
기석	그럼. 알지.
은효	그래. 됐어, 그럼.

기석은 별 쓸데없는 걱정을 다 한다는 듯 웃으며 다시 은효를 안아준다.

그렇게 잘 다독여진 것으로 생각했었다.

그렇게 착각했었다.

기석은 얼굴을 두 손에 파묻은 채 한참 동안 고개를 숙이고 있다.

선희는 기석이 우나 싶어서 곁눈질을 한다.

기석은 울지 못한다. 물기 없이 메마른 숨만 길게 내쉴 뿐이다.

기석	그게 약혼식 전날이었습니다. 그땐 그냥 스쳐 가는 이야기일 뿐이었어요. 아니, 아니요. 은효는 정말 진지하게 얘기했지만 제가, 그건 그냥 스쳐 가는 이야기일 뿐이라고 치부한 거죠. 피하고 싶어서요. 제가 함께 떠나주기를 기대하는 은효의 바람을 외면하고 싶어서요.

그래놓고 맥없이 피식 웃는다.

기석   그때 은효는 정말 제정신이 아니었나 봐요. 어떻게 저한테 가진 걸 다 버리고 떠날 수 있겠냐고 물어봤을까요? 털끝만큼이라도 기대를 했다는 거잖아요. 임은효, 진짜 헛똑똑이, 바보예요. 미쳤었나 봐요. 삼십 년간의 삶을 다 때려치우고 남의 땅 먼 나라로 가겠다는 것도 미친 짓이지만, 나 같은 놈한테 같이 가자고, 혹시 같이 가지 않겠느냐고 묻는 건 진짜 미친 짓이죠. 어떻게 저를 그럴 놈으로 봤을까요? 저보다 잘난 놈들 누르고 올라서려고 제가 얼마나 고생을 했는데……. 그렇게 쟁취한 자리, 한국 최고의 로펌 변호사가 되었는데 그걸 어떻게 버려요? 그걸 어떻게 포기합니까? 어떻게 그래요? 저 그런 놈 아니었어요. 절대 그럴 놈 아니었습니다.

기석은 자기 자신에 대한 분노로 더욱 쓰게 웃는다.

기석   그런데도 저한테 물어봤던 거예요. 같이 가주겠냐고……. 은효 그 바보가! (스스로를 비웃으며) 제가 생각해도 전 대단히 모범적인 대답을 해줬어요. 누가 변호사 아니랄까 봐 절대 책잡히지 않을 훌륭한 답변을 해준 거죠. (결론짓듯) 어머님! 저 때문에 은효가 죽은 거, 맞습니다.

선희　(쉰 목소리로) 이제 그만해.

기석　저 때문에 죽었어요. 만일 그때 제가 지금처럼, 남들이 다 말리는 일을 하겠다고 우기는 미친놈이었다면, 은효는 죽지 않았을 겁니다.

선희는 있는 힘을 다해 기석을 일으키려 한다.

선희　더 이상 들어줄 수가 없어. 가!

기석　미친놈처럼, 그래 다 버리고 함께 갈게, 그렇게 대답했더라면…….

선희　제발 가라고!!

기석　은효가 원했던 건, 세상에 자기처럼 미친 사람이 또 있다, 바로 내 곁에 있다, 그런 위로, 그런 믿음이었는데…….

선희　가라고!! 제발!!

기석　저는, 저는…….

선희　가라고! 가! 가란 말이야!!

선희는 기석을 붙들고 마구 흔든다.
기석은 흔들리는 채로 흐느낀다.
선희는 기진맥진하여 주저앉는다.

그제야 기석은 스스로 천천히 일어선다.

그리고 선희 앞에 서서 공손하게 두 손을 모은다.

기석　　제가 어머님을 찾아온 이유도 은효와 같습니다.
　　　　저도 저의 이 미친 짓을 지지해주고 이해해줄 단
　　　　한 사람을 찾고 싶었어요.

선희　　…….

기석　　그 사람이 어머님이길 바랐던 겁니다.

기석은 서류 가방을 열어 가지런히 정리된 파일을 하나 꺼낸다.

기석　　은효의 일기입니다. 아까 말씀드린…….

기석은 정중하게 파일을 선희 쪽으로 내밀지만 선희는 받지 않는다.

할 수 없이 기석은 파일을 식탁 위에 올려놓는다.

그런 다음 고개를 숙이고 집을 나간다.

선희가 홀로 남은 집안 풍경은 정지된 듯 움직임이 없다.

멈춰있는 공간 속에서 시간만이 홀로 유유히 정해진 길을 간다.

한참 후.

선희는 기석이 놓고 간 파일을 열어본다.

첫 장을 넘긴다.

다 읽지는 않고 대충 훑어보는데,

그러다 갑자기 어느 페이지에 멈추어 집중한다.

눈으로 은효의 글을 읽는 그녀의 표정이 점점 굳어진다.

다음 장. 또 다음 장……. 선희의 안색이 하얗게 질려간다.

덜덜 떨리는 그녀의 손이 페이지를 빠르게 넘겨 맨 뒷장을 펼친다.

선희는 가빠지는 호흡을 부여잡으며 은효의 마지막 글을 읽기 시작한다.

은효의 목소리가 선희의 귀에 울린다.

9월 5일. 오늘 드디어 국경없는의사회로부터 파견지를 통보받았다.

시에라리온. 처음엔 조금 생소했다.

그러나 리서치를 하고 시에라리온에 대해 알아갈수록 정말 내가 꼭 가야 할 곳, 내가 의사로서 살아야 할 곳이라는 확신이 든다.

운명적인 만남이랄까?

파견 기간은 겨우 1년. 하지만 나의 새로운 삶의 원년이 되겠지. 고작 일 년 동안 나는 진짜 시에라리온의 의사가 되기 위한 준비를 마칠 수 있을까?

겁이 난다.

견딜 수 있을까? 두렵다.

울면서 후회할지도 모르지.

딱 백번만 울자.

그러면 어느새 단단해지겠지.

지금 내 속에선 끊임없이 바람이 분다.

바람을 따라 빛과 그림자가 쉴 없이 움직인다.

마침내 나의 길을 찾았다는 행복감과 그 위에 겹쳐진 투명한 슬픔.

행복과 슬픔이 뒤섞인 이런 느낌은 분명 처음인데, 이상하게도 까마득히 흘러간 시간 저편에 남아있던 기억 같기도 하다.

자꾸만 눈물이 나는 건 아무래도 슬픔 때문이겠지.

하지만 언젠가는 이 슬픔도 기쁨의 꽃을 피우는 단비가 될 것이다.

시간이 얼마 남지 않았다.

떠나기 전, 마지막으로 희권 선배를 찾으러 간다.

내가 떠나는 것을 진정으로 기뻐해 줄 단 한 명의 사람.

선희는 마치 시간이 정지된 것처럼 그 글을 뚫어져라 보고 있다.

그러다 그 마지막 장을 묶음으로부터 떼어낸다.

떼어낸 그것을 또 한참 동안 응시한다.

선희는 천천히 그 종이를 반으로 접는 듯하더니.

찢는다.

둘로, 넷으로, 갈기갈기······.

- 끝 -

'사랑으로 미화되어선 안 될' 것들에 대하여

소위 '대가리가 커진' 인생의 어느 시점에서 나는 내 어머니가 예전과는 다르게 보이기 시작했다. 어렸을 때부터 내가 갖고 있던 어머니의 이미지는 '희생자'였다. 그리고 그 희생의 원동력은 사랑이라고 여겼다.

어렸을 때부터 세상은 나에게 어머니의 사랑은 모든 사랑 중에 가장 신성하고 위대하다고 가르쳤다. 교과서는 물론이요, 동화, 만화, 소설, 드라마, 영화, 광고, 동요와 가요 속에서 어머니의 사랑은 신격화되어 있었다.

그러나 초코파이에 진짜 초콜릿이 거의 들어있지 않다는 사실을 알게 된 것처럼, 어머니의 사랑 속에는 욕망의 투사, 집착, 의존, 허영, 경쟁심과 이기심 등이 섞여 있다는 것을 깨닫게 되었다.

자식을 향한 부모의 애착은 번식의 본능이 각인된 유전

자의 작용이다. 기본적인 자연법칙이다. 내 생명을 또 다른 생명으로 이으려는 본능은 그 자체로 정당하고 아름답다. 번식의 본능은 어떤 생명도 개별적으로 존재할 수 없기에 생겨난 현상이다. 내 생명이 내 것만이 아니기에 다른 생명을 낳을 수 있고, 내가 낳은 생명도 내 것이 아니기에 또 다른 생명을 향해 생장해간다. 각자가 자기 자식을 보호하고 키우도록 설계된 본능은 궁극적으로 조화로운 세상을 이루기 위한 자연의 섭리다. 모든 생명은 어떻게든 연결되어 있기 때문이다. 하여 동물들은 새끼가 어느 정도 자라나면 미련 없이 떠나보내고 집착하지 않는다.

죽을 때까지 '내 새끼'에 집착하는 것은 인간뿐이다. 더욱이 우리의 삶이 산업화와 자본주의에 점령당한 후, 소유의 개념이 강조되고 모든 활동이 경쟁구도로 이루어지면서, 부모에겐 오로지 '내 딸'과 '내 아들'만이 중요하게 되었다. 내가 낳은 내 자식의 성공과 행복을 위해 부모로서 모든 걸 바치는 모습은 당연하게 여겨진다. 어머니는 자식을 위해 존재하는 사람이어도 이상할 게 없다. 부모가 자신의 욕망을 전부 자녀에게 투사한 뒤 의존하고 집착하며 자아를 상실해 버려도, 우리는 그것을 사랑이라고 미화한다.

그러나 자기 자신을 잃어버린 사람이 타인을 사랑할 수 있을까? 남의 자식보다 내 자식이 앞서면 자랑스러워하고, 남의 자식의 불행은 상관없이 내 자식의 행복만 바라보며 기뻐하는 마음이 과연 사랑일까?

　희곡의 주인공 '선희'는 가엾은 어머니다. 남편 없이 고생하며 어렵게 키운 외동딸을 교통사고로 잃었다. 딸은 일류대학을 나와 어엿한 의사가 되었고 변호사 신랑감을 만나 약혼까지 했는데 그만 세상을 떠나고 만 것이다. 그 죽음 뒤에 감추어져 있던 비밀이 선희 앞에 드러나는 과정이 희곡의 내용이다. 딸을 앞세운 불쌍한 어머니에게 희곡은 잔인하게 따져 묻는다. 당신의 사랑은 진짜였느냐고. 그리고 이 잔인한 질문은 이 세상 모든 어머니들을 향한다.

　나의 어머니에게 용서를 빈다. 더 이상 어머니의 사랑을 위대하다고만 말할 수 없어서 죄스럽다. 길러주신 은혜를 모를 리 없지만, 한 사람의 작가로서 어머니의 사랑을 객관화하고 해부하는 불효를 저지를 수밖에 없기 때문이다.

　나는 나의 불효를 용서한다. 부모의 몸을 통해 태어난 자식의 의무는 부모를 극복하고 넘어서는 것이다. 그렇게 인류는 진화하기 때문이다. 그러니 내 딸에게는 이렇게 말해주고 싶다.

　딸아, 너는 반드시 나를 넘어서렴.

최성연(崔珹淵)

서울에서 태어나고 자랐다.

연세대학교에서 피아노를, 한양대학교 대학원에서 연극을 전공했다.

〈날 보러와요〉〈택시드리벌〉 등의 배우로 무대에 섰지만

생계를 꾸리기 위해 구성작가와 피아노 레슨으로 돈을 벌다가

다시 2004년에 한국일보 신춘문예를 통해 희곡작가로 등단했다.

〈두 아이〉〈뮤지컬 소나기〉〈표현의 자유〉〈처음 해 본 이야기〉

〈그리고 또 하루〉〈안녕 피아노〉 등의 작품이 공연되었고

그 중 〈그리고 또 하루〉는 제33회 서울연극제 대상, 희곡상을 수상했으며

동명의 희곡집도 발간되었다.

2008년부터는 쿠바, 멕시코, 페루, 네팔, 영국, 이탈리아 등

다양한 지역을 여행하고 머물러 살기도 했다.

미국 아이오와 IWP 작가워크숍을 수료하였고

최근에는 태국 코팡안 섬에서 총 네 달간 요가수련과 명상을 하며

인생에서 가장 큰 변화를 겪었다.

이제는 스스로를 '요가수련자'이며 '작가'로 명명한다.

최근에는 지역의 아트센터에서 미화원으로 노동하면서

오마이뉴스에 〈쓸고 닦으면 보이는 세상〉을 연재했다.